U0575172

◎沈嘉柯

大师一支锦绣笔：
跟着考点读红楼梦

山东人民出版社·济南

国家一级出版社 全国百佳图书出版单位

图书在版编目（CIP）数据

大师一支锦绣笔：跟着考点读《红楼梦》/ 沈嘉柯
著. — 济南：山东人民出版社，2023.7
　ISBN 978-7-209-14644-9

　Ⅰ．①大… Ⅱ．①沈… Ⅲ．①《红楼梦》研究 Ⅳ.
①I207.411

中国国家版本馆CIP数据核字(2023)第097504号

大师一支锦绣笔：跟着考点读《红楼梦》
DASHI YIZHI JINXIUBI：GENZHE KAODIAN DU《HONGLOUMENG》

沈嘉柯 著

主管单位	山东出版传媒股份有限公司
出版发行	山东人民出版社
出 版 人	胡长青
社　　址	济南市市中区舜耕路517号
邮　　编	250003
电　　话	总编室（0531）82098914
	市场部（0531）82098027
网　　址	http://www.sd-book.com.cn
印　　装	天津中印联印务有限公司
经　　销	新华书店

规　　格	16开（166mm×230mm）
印　　张	16.25
字　　数	180千字
版　　次	2023年7月第1版
印　　次	2023年7月第1次
ISBN 978-7-209-14644-9	
定　　价	46.00元

如有印装质量问题，请与出版社总编室联系调换。

目录
CONTENTS

第一章
《红楼梦》给我们的写作建议

第二章

《红楼梦》里的高明写作手法

第三章
《红楼梦》给我们的阅读启示

第四章
《红楼梦》里的非凡见解

第五章
《红楼梦》里的实用写作指导

第一章

红楼梦给我们的写作建议

杂学旁收，才能涉笔成趣

富有知识性和趣味性，
《红楼梦》是一口深井

同样是写作，有的人写出来的东西面目可憎，枯燥乏味，言之无文，行而不远；有的人则写得生动活泼，自然有趣，可读性强。这就有一个关键，即读书杂。读书杂不仅能拓展思维，开阔眼界，还有利于形成思辨判断力，同时，写起东西来也能旁征博引，富有知识性和趣味性。

《红楼梦》一问世就是超级畅销书，后人称之为古典文学的"百科全书"。因为它蕴含园林、绘画、诗词、养生、医药、美食、音乐、戏曲、管理、官场、民俗等知识，含金量十足。

原文采撷

第四十四回　　宝玉一旁笑劝道："姐姐还该擦上些脂粉，

3

不然倒像是和凤姐姐赌气了似的。况且又是他的好日子，而且老太太又打发了人来安慰你。"

平儿听了有理，便去找粉，只不见粉。宝玉忙走至妆台前，将一个宣窑瓷盒揭开，里面盛着一排十根玉簪花棒，拈了一根递与平儿。又笑向他道："这不是铅粉，这是紫茉莉花种，研碎了兑上香料制的。"平儿倒在掌上看时，果见轻白红香，四样俱美，摊在面上也容易匀净，且能润泽肌肤，不似别的粉青重涩滞。然后看见胭脂也不是成张的，却是一个小小的白玉盒子，里面盛着一盒，如玫瑰膏子一样。宝玉笑道："那市卖的胭脂都不干净，颜色也薄。这是上好的胭脂拧出汁子来，淘澄净了渣滓，配了花露蒸叠成的。只用细簪子挑一点儿抹在手心里，用一点水化开抹在唇上；手心里就够打颊腮了。"平儿依言妆饰，果见鲜艳异常，且又甜香满颊。

宝玉的细致实为曹雪芹的精通，他对各门类知识一清二楚，学识广博。从这些别致的化妆品描写中，我们也得以知道古代贵族的审美情趣。这里女孩子用的腮红唇彩，是自制的胭脂膏子，又高级又健康。就连脸上擦的粉，也是把紫茉莉花种研碎制作的，绿色天然。装粉的容器，不是玻璃、金属、塑料之类，而是玉簪花棒，也就是玉簪花花苞，新奇独特。

要想作文写得好
须杂学旁收

原文采撷

第八回　　这里宝玉又说："不必温暖了，我只爱吃冷的。"薛姨妈忙道："这可使不得，吃了冷酒，写字手打颤儿。"宝钗笑道："宝兄弟，亏你每日家杂学旁收的，难道就不知道酒性最热，若热吃下去，发散的就快；若冷吃下去，便凝结在内，以五脏去暖他，岂不受害？从此还不快不要吃那冷的了。"宝玉听这话有情理，便放下冷酒，命人暖来方饮。

第三回　　寂然饭毕，各有丫鬟用小茶盘捧上茶来。当日林如海教女以惜福养身，云饭后务待饭粒咽尽，过一时再吃茶，方不伤脾胃。今黛玉见了这里许多事情不合家中之式，不得不随的，少不得一一改过来，因而接了茶。早见人又捧过漱盂来，黛玉也照样漱了口。盥手毕，又捧上茶来，这方是吃的茶。

第四十一回　　当下贾母等吃过茶，又带了刘姥姥至栊翠庵来。妙玉忙接了进去。至院中见花木繁盛，贾母笑道："到底是他们修行的人，没事常常修理，比别处越发好看。"一面说，一面便往东禅堂来。妙玉笑往里让，贾母道："我们才都吃了酒肉，你这里头有菩萨，冲了罪过。我们这里坐坐，把你的好茶拿来，我们吃一杯就去了。"妙玉听了，忙去烹了茶来。

宝玉留神看他是怎么行事。只见妙玉亲自捧了一个海棠花式雕漆填金云龙献寿的小茶盘，里面放一个成窑五彩小盖钟，捧与贾母。贾母道："我不吃六安茶。"妙玉笑说："知道。这是老君眉。"贾母接了，又问是什么水。妙玉笑回"是旧年蠲的雨水。"贾母便吃了半盏……

贾宝玉提到东府的鹅掌鸭信，薛姨妈听了就把自己糟的鹅掌鸭信拿来给他尝。当他要就着酒吃时，李嬷嬷上来劝阻，薛姨妈把李嬷嬷劝开，让她也去吃酒。宝玉要喝冷酒，薛姨妈先劝，宝钗后劝，其间就提到了一个词——杂学旁收。

薛宝钗的话很有道理，贾宝玉就听进去了：不喝冷酒，喝热的。

这个趣味小知识不仅对贾宝玉有用，对我们读者也有用。我们在生活中也可以用起来。古代酿酒技术有限，酿酒的过程中容易产生杂质，把酒烫热了再喝，口感会更好。

如果我们要写喝酒的科普文章，就可以把《红楼梦》里的这个细节写进去，会使文章更丰富有趣。

同样的，喝茶也有学问。中国是茶文化的起源国，茶的制作和烹煮工艺，可谓登峰造极。

林家的习惯是饭后过片刻才饮茶，不伤脾胃。但林黛玉初进贾府就发现，贾府的做法不一样，是吃完饭，拿茶漱口后，马上就开始喝茶。

贾母说不吃六安茶，就是因为把喝茶和养生联系在一起。不同品种的茶叶，茶性也不同。有的茶性暖，有助于消化养胃；有的茶性寒，可消暑降火。六安茶又叫刮片，是绿茶，气味清香，饮用生津止渴，特别解暑。吃饱饭、喝过酒后，与饮用六安茶不是很搭配。而老君眉是发酵过的茶，清代福建省武夷山一带出产这种红茶，饮用后可暖胃解腻。

贾母还问了水。好茶需要好水烹。唐代陆羽在《茶经》中写道："其水，用山水上，江水中，井水下。"这里妙玉更加讲究，用的是去年的雨水。

像这样的知识，曹雪芹在小说里，常常信手拈来，在调侃时不断抖搂出来。不管是冷知识还是热知识，曹雪芹都能涉笔成趣，令人着迷。

作文越写细节越有可读性

原文采撷

第四十二回　　宝玉道："家里有雪浪纸，又大又托墨。"宝钗冷笑道："我说你不中用！那雪浪纸写字画写意画儿，或是会山水的画南宗山水，托墨，禁得皴染。拿了画这个，又不托色，又难淆，画也不好，纸也可惜。……"

宝玉早已预备下笔砚了，原怕记不清白，要写了记着，听宝钗如此说，喜的提起笔来静听。宝钗说道："头号排笔四支，二号排笔四支，三号排笔四支，大染四支，中染四支，小染四支，大南蟹爪十支，小蟹爪十支，须眉十支，大著色二十支，小著色二十支，开面十支，柳条二十支，箭头朱四两，南赭四两，石黄四两，石青四两，石绿四两，管黄四两，广花八两，蛤粉四匣，胭脂十片，大赤飞金二百帖，青金二百帖，广匀胶四两，净矾四两。矾绢的胶矾在外，别管他们，你只把绢交出去叫他们矾去。这些颜色，咱们淘澄飞跌着，又顽了又使了，包你一辈子都够使了。再要顶细绢箩四个，粗绢箩四个……生姜二两，酱半斤。"……宝钗笑道："你那里知道。那粗色碟子保不住不上火烤，不拿姜汁子和酱预先抹在底子上烤过了，一经了火是要炸的。"

　　贾宝玉的提议，立刻遭到了薛宝钗的反对。很显然，曹雪芹要是不知道绘画颜料的知识，就不可能写出薛宝钗说的这番话。这段故事情节，也就创作不出来了。

　　甚至连"粗色碟子保不住不上火烤"这种小窍门，他都能写出来。要了二两生姜和半斤酱，先在碟子底部抹过了，这样上火烤才不会炸裂。有了这样的细节，林黛玉就能调侃薛宝钗"小心把嫁妆单子写上去"了。

　　这就是信手拈来，涉笔成趣。

📖 原文采撷

第七十九回　　一日金桂无事，因和香菱闲谈，问香菱家乡父母。香菱皆答忘记，金桂便不悦，说有意欺瞒了他。回问他"香菱"二字是谁起的名字，香菱便答："姑娘起的。"金桂冷笑道："人人都说姑娘通，只这一个名字就不通。"香菱忙笑道："嗳哟，奶奶不知道，我们姑娘的学问连我们姨老爷时常还夸呢。"

第八回中，薛宝钗说贾宝玉"杂学旁收"，其实，薛宝钗同样"杂学旁收"。薛宝钗一肚子各式各样的奇特知识，十分渊博，就连见识广、好读书、水平高的贾政都夸奖她。

薛宝钗知识渊博，其实也就是作者曹雪芹知识渊博，《红楼梦》中充满令人咂舌和惊奇的知识。

我们平时只有博览群书，积累各种趣味知识，打好基础之后，才有可能像曹雪芹一样，把文章写得充满趣味，让人爱不释手，任何时候翻阅都津津有味。

妙笔话考点

优秀的作家基本上都是杂家。原因很简单，如果知识不杂一点，写出的东西就容易寡淡无趣。知识渊博，兴趣广泛，写的东西才会好看。我们写任何文章，不管是小说，还是散文随笔，都要尽可能多地融入一些趣味知识。想要涉猎广泛，有一个小窍门：查阅数字图书馆。现在网络上有不少数字图书馆，按照不同类别为用户提供免费阅读。医药、戏剧、服装、饮食等各方面知识，我们都可以看一些。

诗句芬芳 锦心绣口

一个是阆苑仙葩，一个是美玉无瑕。——《枉凝眉》（《红楼梦》第五回）

阆苑仙葩：隐指林黛玉。阆苑：神仙的园林；仙葩：仙花。美玉无瑕：隐指贾宝玉。瑕：玉的疵病。

引经据典，让文章更具魅力

文采斐然
从诗意文字练起

我们读《红楼梦》，乃至读各种古代优秀传统小说、诗词，都绕不开一个文学作品的特点，那就是用典。古今中外的作者写东西，都很喜欢使用典故。

我们都知道《红楼梦》是四大名著之首，是古典文学的巅峰，是奇书中的奇书，包含戏曲饮食、园林医药、服饰民俗等各类知识，堪称社会百科全书式的小说。"开谈不说《红楼梦》，读尽诗书也枉然。"自这部小说问世以来，便诞生了很多赏析解读它的文章，形成了"红学"。

古人的诗词曲赋等文化素养，是建立在一代又一代的积累之上的。一个典故、一个词语，都有来源。不管是索隐派，还是考证派、评点派，或其他解读思路，解读《红楼梦》都是要讲基本法的，那就是"文化共识"。

📖 原文采撷

第三十七回　　黛玉道："既然定要起诗社，咱们都是诗翁了，先把这些姐妹叔嫂的字样改了才不俗。"李纨道："极是，何不大家起个别号，彼此称呼则雅。我是定了'稻香老农'，再无人占的。"

探春笑道："我就是'秋爽居士'罢。"宝玉道："居士、主人到底不恰，且又累赘。这里梧桐芭蕉尽有，或指梧桐芭蕉起个倒好。"探春笑道："有了，我最喜芭蕉，就称'蕉下客'罢。"众人都道别致有趣。黛玉笑道："你们快牵了他去，炖了脯子吃酒。"众人不解。黛玉笑道："古人曾云'蕉叶覆鹿'。他自称'蕉下客'，可不是一只鹿了？快做了鹿脯来。"众人听了都笑起来。

探春因笑道："你别忙中使巧话来骂人，我已替你想了个极当的美号了。"又向众人道："当日娥皇女英洒泪在竹上成斑，故今斑竹又名湘妃竹。如今他住的是潇湘馆，他又爱哭，将来他想林姐夫，那些竹子也是要变成斑竹的。以后都叫他作'潇湘妃子'就完了。"大家听说，都拍手叫妙。林黛玉低了头方不言语。

林黛玉住潇湘馆，在诗社的雅号为"潇湘妃子"。传说娥皇和女英是帝尧的两个女儿，姐妹同嫁帝舜为妻。舜到南方巡视，死于苍梧。二妃抱竹痛哭，泪染竹子，泪尽而死。因此带着斑点的竹子，就被称为"潇湘竹"或"湘妃竹"。在小说里，林黛玉爱哭，是来还泪的，泪尽而死。这就是在化用这个典故。

比如秦钟这个名字也用到了古代常见的典故。秦钟这个漂亮的男孩，字鲸卿。薛综注《西京赋》："海中有大鱼曰鲸，海边又有兽名蒲牢，蒲牢素畏鲸，鲸鱼击蒲牢，辄大鸣。凡钟欲令声大者，故作蒲牢于上，所以撞之者，为鲸鱼。"

也就是说，小说里用鲸卿比喻撞钟的那根柱子。而所谓秦钟，无非就是以"情"来警醒贾宝玉。秦钟这个角色，跟警幻仙子有着同一种功能，那便是让贾宝玉领悟人生的虚幻。

又如金庸，本名查良镛。镛就是大铜钟，拆开了，就是金庸。上古之金，实际上是指铜。金灿灿的铜器，是经过历史消磨、岁月氧化，才变成青铜器的。"镛"寄托着老查家对他的期望，即希望他成为人世间的黄钟大吕、栋梁之材！

所以，金庸也是一口钟。读金庸的小说，也是在听金庸给你讲故事敲钟，让你警醒，不要沉迷于权力、金钱、爱情，从功名利禄、贪嗔痴的大梦里醒过来。

查良镛为什么拆字拆出金庸？这是因为他也想用小说针砭人心，警醒世人！读《红楼梦》的时候，一看到秦钟，读者就心领神会。读

《鹿鼎记》时，一看到韦小宝呢，也一样。他明明加入了反清复明的天地会，却惦记着爱新觉罗·玄烨。韦小宝最终悟出一个道理，好皇帝胜过烂王朝。明代末期的腐朽，有什么可推崇的。

《红楼梦》的作者就算是"怀金悼玉"，那也不是寓意着反清复明，而是"以明照清"，表示清朝同样避免不了赫赫扬扬的王朝，如同大明王朝一样，烈火烹油，鲜花着锦，分崩离析。

看透了王朝更迭，帝王轮换，才能真正思考历史。只不过曹雪芹想不出别的招数，他只有两招——苦口婆心劝谏和出家。

小道具，大作用

小说《红楼梦》又叫《风月宝鉴》，是写给世人和帝王的一面镜子，是用来"镜鉴"的。"夫以铜为镜，可以正衣冠；以史为镜，可以知兴替；以人为镜，可以明得失。"

秦钟因为浪荡胡来而夭折，临终前，贾宝玉问秦钟有什么遗言交代。

原文采撷

第十六回　　众鬼听说，只得将秦魂放回，哼了一声，微开双目，见宝玉在侧，乃勉强叹道："怎么不肯早来？再迟一步也不能见了。"宝玉忙携手垂泪道："有什么话留下两句。"秦钟道："并无别话。以前你我见识自为高过世人，我今日才知自误了。

以后还该立志功名，以荣耀显达为是。"说毕，便长叹一声，萧然长逝了。

秦钟就是作者创作出来给贾宝玉当反面教材的。

文学小说里提到镜子啊、铜钟啊，就是作者来给你照镜子、敲警钟。这就是"文化共识"，是文人搞创作玩隐喻、影射的基本功。

韦小宝，也是金庸给康熙的警钟。纵是天潢贵胄，甚至九五之尊，也别忘记那个来自群众的小人物。因为水能载舟，亦能覆舟。他可以舍生忘死救康熙，是康熙在人世间唯一的"朋友"。校园里流传着一句话，每个人都需要交一些不同的朋友，只有这样才能全面了解校园，了解真正的环境，才不会片面地看待生活。

📖 原文采撷

第七回　　周瑞家的因问："不知是个什么海上方儿？姑娘说了，我们也记着，说与人知道，倘遇见这样病，也是行好的事。"宝钗见问，乃笑道："不用这方儿还好，若用了这方儿，真真把人琐碎死。东西药料一概都有限，只难得'可巧'二字：要春天开的白牡丹花蕊十二两，夏天开的白荷花蕊十二两，秋天的白芙蓉蕊十二两，冬天的白梅花蕊十二两。将这四样花蕊，于次年春分这日晒干，和在药末子一处，一齐研好。又要雨水这日的雨水十二钱，……"周瑞家的忙道："嗳哟！这么说来，这就得三年的工夫。倘或雨水这日竟不下雨，这却怎处呢？"
宝钗笑道："所以说那里有这样可巧的雨，便没雨也只好再等
罢了。还要白露这日的露水十二钱，霜降这日的霜十二钱，小
雪这日的雪十二钱。把这四样水调匀，和了药，再加十二钱蜂蜜，
十二钱白糖，丸了龙眼大的丸子，盛在旧磁坛内，埋在花根底下。
若发了病时，拿出来吃一丸，用十二分黄柏煎汤送下。"

　　冷香丸当然是个文字游戏，但玩文字游戏也要遵守基本法。攒够
了一年的春夏秋冬的雨露，拿黄柏送服，无非是传达薛宝钗是个名利
场上的热心客，先天胎里带有热毒，需要吃寒凉甘辛的东西来泻火。
用白色花蕊和冰凉的雨露，加上味苦性寒的黄柏，清清火，压一压炽
热的功名利禄心。

　　冷香丸这东西，"末用黄柏更妙。可知'甘苦'二字，不独十二
钗，世皆同有者"（甲戌本第七回双行夹批）。可见，十二钗都有甘
苦，都有世俗的病。一如这世道一般。作者讽刺的只是薛宝钗吗？作
者讽刺的是十二钗，是举世所有人。翻译为现代语就是："恕我直
言，在座的各位都是垃圾。"

　　其实，文学小说里的寓意没有那么高深莫测，大部分解密方法都
是公开的。如果有一小部分找不到密码，那只能是作者玩的梗，是他
们的小圈子创造的。他们当然很清楚，这些梗迟早会成为后人的典
故，成为"文化共识"的一部分。

一如我们也会成为历史的一部分，我们的故事也可能成为后人使用的典故或案例，为"文化共识"添砖加瓦。

妙笔话考点

青少年想读懂《红楼梦》之类的古典小说，我建议，可先了解《声律启蒙》。它是清代人编写的一本声律启蒙读物。从中国优秀传统文化的基本读物开始了解，培育基本的文字韵律感，积累对世间万物的认识，掌握天文、地理、花木、鸟兽、人物、器物等的虚实应对。

比如"贤对圣，智对愚，傅粉对施朱""云对雨，水对泥，白璧对玄圭""风声对月色，麦穗对桑苞""桃红对柳绿，竹叶对松梢""梁父咏，楚狂歌，放鹤对观鹅""苏武节，郑虔毡，涧壑对林泉"。熟知声韵格律有助于读懂小说里的匾额对联、诗词歌赋，了解其中的各种文化典故。

诗句芬芳 锦心绣口

淡极始知花更艳，愁多焉得玉无痕。——薛宝钗《咏白海棠》（《红楼梦》第三十七回）

"淡极"句以花自赞；"愁多"句讽刺林黛玉、贾宝玉二人。

从高考作文的"沁芳"说起

2022年普通高等学校招生全国统一考试（甲卷）语文作文题：

《红楼梦》写到"大观园试才题对额"时有一个情节，为元妃（贾元春）省亲修建的大观园竣工后，众人给园中桥上亭子的匾额题名。有人主张从欧阳修《醉翁亭记》"有亭翼然"一句中，取"翼然"二字；贾政认为"此亭压水而成"，题名"还须偏于水"，主张从"泻出于两峰之间"中拈出一个"泻"字，有人即附和题为"泻玉"；贾宝玉则觉得用"沁芳"更为新雅，贾政点头默许。"沁芳"二字，点出了花木映水的佳境，不落俗套；也契合元妃省亲之事，蕴藉含蓄，思虑周全。

以上材料中，众人给匾额题名，或直接移用，或借鉴化用，或根据情境独创，产生了不同的艺术效果。这个现象也能在更广泛的领域给人以启示，引发深入思考。请你结合自己的学习和生活经验，写一篇文章。

原文采撷

第十七回 　　说着，进入石洞来。只见佳木茏葱，奇花烆灼，一带清流，从花木深处曲折泻于石隙之下。再进数步，渐向北边，平坦宽豁，两边飞楼插空，雕甍绣槛，皆隐于山坳树杪之间。俯而视之，则清溪泻雪，石磴穿云，白石为栏，环抱池沿，石桥三港，兽面衔吐。桥上有亭。贾政与诸人上了亭子，倚栏坐了，因问："诸公以何题此？"诸人都道："当日欧阳公《醉翁亭记》有云：'有亭翼然'，就名'翼然'。"贾政笑道："'翼然'虽佳，但此亭压水而成，还须偏于水题方称。依我拙裁，欧阳公之'泻出于两峰之间'，竟用他这一个'泻'字。"有一客道："是极，是极。竟是'泻玉'二字妙。"贾政拈髯寻思，因抬头见宝玉侍侧，便笑命他也拟一个来。

　　宝玉听说，连忙回道："老爷方才所议已是。但是如今追究了去，似乎当日欧阳公题酿泉用一'泻'字则妥，今日此泉若亦用'泻'字，则觉不妥。况此处虽云省亲驻跸别墅，亦当入于应制之例，用此等字眼，亦觉粗陋不雅。求再拟较此蕴藉含蓄者。"贾政笑道："诸公听此论若何？方才众人编新，你又说不如述古；如今我们述古，你又说粗陋不妥。你且说你的来我听。"宝玉道："有用'泻玉'二字，则莫若'沁芳'二字，岂不新雅？"贾政拈髯点头不语。众人都忙迎合，赞宝玉才情不凡。

遣词造句
一定要看场合，符合情境

这一回的内容是大观园工程具已告竣，别院修得差不多了，大老爷贾赦也瞧过了，就等二老爷贾政瞧了之后，看看有什么不妥之处，再行改造，也好题匾额对联。

贾政此刻发愁了："这匾额对联倒是一件难事。论理该请贵妃赐题才是，然贵妃若不亲睹其景，大约亦必不肯妄拟；若直待贵妃游幸过再请题，偌大景致，若干亭榭，无字标题，也觉寥落无趣，任有花柳山水，也断不能生色。"

清客就给出了个主意："先按景致拟了，暂时做成灯匾联悬了，等贵妃游幸时，再请定名岂不两全？"

贾政也赞同："所见不差。到时候要是不妥，再把贾雨村请过来让他再拟。"因为贾雨村的才华出色。

趁着这次机会，贾政也想考查一下儿子的才华。贾政因为最近听贾代儒称赞贾宝玉虽然不喜读书，但是在诗词上有些歪才，就想借着这次园子拟匾额对联的机会，试他一次。这也说明贾宝玉这位"风流才子"已小有名气。老师知道了，亲爹也知道了。

于是贾政带着一群清客和贾宝玉一起进了园子。一进门，有一座翠嶂挡在前面，也就是一座假山。

贾政就大加赞美：如果不是有这座山，一进门所有的景致都看到了，还有什么趣味呢？

这就体现了中国独特的园林美学——我们讲究藏而不露，好风景不能一览无余，它要曲曲折折，犹抱琵琶半遮面，让你好奇，引你进去看一看。这种园林美学是中国独特的文化审美。

在这里，贾政让大家为这座假山题名，清客们都知道这是宝玉展示才情的时候，就敷衍地提了"叠翠""小终南"等俗套的名字。之后，宝玉提出了他的学术见解："编新不如述旧，刻古终胜雕今。"这里不是主景，是为了下一步的探景做准备的，只是一个过渡罢了，不如直书古文"曲径通幽处"，大方气派。

清客们赶紧捧场拍马屁，夸宝玉天分高，才情出众，直呼"好！好！好！"贾政就口是心非，说好什么好，他年纪还小，只不过是以一知充十。

其实这和我们现代秀孩子是一样的，家长把孩子拎出来表演才艺，在亲戚朋友面前秀一秀，然后大家都说好，自己又在那里客套："雕虫小技，没啥了不起的。"

接着到了第二个地点，是一个亭子里面。有清客说用欧阳修的《醉翁亭记》中的"翼然"，贾政说这个亭子是压水而成，不如叫"泻玉"。

贾宝玉则认为，用"泻"字粗陋不雅，要含蓄一点，因为这里是省亲别院，不是山野中的风景，应当入于应制之例。这是什么意思呢？入于应制之例就是要符合皇家的要求，该避讳的要避讳，毕竟

"泻"字比较粗鄙。宝玉改用"沁芳"二字，比较雅。

我们从中可以看出贾宝玉的确懂得什么场合应该写什么诗，用什么字眼。皇家气派、官方礼仪，是贾宝玉遣词造句最先考虑的。该严肃的时候要严肃，该生动活泼的时候就生动活泼。

写作规律：
引用、借鉴、独创

2022年全国甲卷语文作文的核心考查点是"直接移用""借鉴化用""依境独创"。这正是写作上的进化规律。

"翼然"（直接移用），生搬硬套；"泻玉"（借鉴化用），亭子压水而出，流水如玉泻，很直白，不雅，用于省亲别墅不够含蓄；"沁芳"（依境独创），"沁"是渗透沁润的意思，更加含蓄大方。写作文时讲清楚大道理，足以拿个基础分。

贾宝玉玩的花样，不过是雕虫小技，其实贾政心里一清二楚。这其实体现的是中国的主流文化审美偏好——推崇蕴藉风流，反对直白粗鄙的审美。创新的最高境界是彻底吃透，化为己用。后面的人工与天然之争，还是在重复这个审美价值观话题。

"沁芳"这个词，在《红楼梦》之前几乎找不到使用的先例。我翻查了各种古诗词、古文的综合数据库，乃至大众检索系统，没找到在曹雪芹之前有人使用过。这是曹雪芹先生创造的新鲜名词。

我们都知道，一个才子有新的想法是绝对憋不住的，所以他在小说里疯狂秀这个词。名家大手一边装谦虚，配合贾政试一试贾宝玉的才学；一边让贾宝玉表现出高超的见识，大秀新词。

我去过几十所中学做讲座，其中一半是省市重点中学。成绩特别好的一小部分学生很懂各种套路，不用教。而大多数学生写作文遇到不熟悉的材料，就直接蒙了，脑海中一片空白，乱写一气，连基础分都拿不到。

在这里，我要解释一下，《红楼梦》其实是一部通俗小说，本来就是写给社会大众看的，即使没看过原著，在考试时看节选的段落也能读得懂题目。

想拿高分，只要你比别的考生文采好、思想立意独特，然后引经据典几句，秀一下阅读面足矣。从模仿到借鉴，是每个人求学的必经之路。把相关道理讲清楚了，就是好作文。

妙笔话考点

现在的考试作文其实就是小策论、微型申论。要写好考场作文，有一个原则：不跑题。

高考作文考什么其实很明显，就看国家希望你成为什么样的人才。平时广泛阅读积累，作文时才能贴合主题，并且有所创新发挥。

　　贾政考查贾宝玉，高考考查学生，本质上是一回事。贾宝玉杂学旁收，借鉴化用，又开窍，的确懂得什么场合应该写什么诗，用什么字眼。这叫作审时度势。所以大观园的匾额采用了他拟的"沁芳"。

　　高考作文怎么得高分？考生是在跟其他考生比，而不是跟作家比。题审清楚了，把平时积累的知识展现出来，就可以拿到不错的分数。

诗句芬芳 锦心绣口

　　晓风不散愁千点，宿雨还添泪一痕。——李纨《咏白海棠》（《红楼梦》第三十七回）

　　据脂砚斋评，"晓风"句宝玉借以自况。"宿雨"句喻黛玉。愁千点：指枝上盛开的朵朵白花，若含无限哀愁。

为什么贾宝玉幼年作的诗水平不高

 原文采撷

第十八回 彼时宝玉尚未作完，只刚作了"潇湘馆"与"蘅芜苑"二首，正作"怡红院"一首，起草内有"绿玉春犹卷"一句。宝钗转眼瞥见，便趁众人不理论，急忙回身悄推他道："他因不喜'红香绿玉'四字，改了'怡红快绿'；你这会子偏用'绿玉'二字，岂不是有意和他争驰了？况且蕉叶之说也颇多，再想一个字改了罢。"宝玉见宝钗如此说，便拭汗道："我这会子总想不起什么典故出处来。"宝钗笑道："你只把'绿玉'的'玉'字改作'蜡'字就是了。"宝玉道："'绿蜡'可有出处？"宝钗见问，悄悄的咂嘴点头笑道："亏你，今夜不过如此，将来金殿对策，你大约连'赵钱孙李'都忘了呢！唐钱珝咏芭蕉诗头一句：'冷烛无烟绿蜡干'，你都忘了不成？"宝玉听了，不觉洞开心臆，笑道："该死，该死！现成眼前之物偏倒想不起来了，真可谓'一字师'了。从此后我只叫你师父，再不叫姐姐了。"

看得多，写得少，
难免眼高手低

《红楼梦》的这一回"皇恩重元妃省父母，天伦乐宝玉呈才藻"主要写元妃省亲。元妃在大观园中游览一番，诸多参拜、行礼、叙旧结束后，便安排诸位兄弟姐妹一起来写诗。

古代很多场合都会写诗，写诗是古人记录的一种形式，也是一种生活方式。

元妃省亲这么重大的事情，需要记录歌颂一番，当然要写诗。元春回到贾府，要求兄弟姐妹都来写诗，记录这场盛事。具体过程很有意思，我们来好好分析一下。

首先，元春是希望借这个机会，考查一下弟弟贾宝玉的学习水平。因为之前贾政已经启奏过："园中所有亭台轩馆，皆系宝玉所题；如果有一二稍可寓目者，请别赐名为幸。"

贾政藏了小心思：虽然他们家家大业大，请得起名家来题写这些东西，但是始终不如自家人起的有风味，尤其这些是弟弟亲自题写给姐姐的，显得更加有感情。这是一个非常慎重的考虑。

另一方面，贾宝玉小的时候是贾元春带着教养认字的。这个姐姐对弟弟，就像母亲教养儿子一样。所以，元春对宝玉的期望更高，很关注贾宝玉的教育问题，因为宝玉被期望成为未来贾府的接班人。

小说原文中描述，元春自入宫以后，时时带信出来与父母说：

"千万好生扶养，不严不能成器，过严恐生不虞，且致父母之忧。"意思就是，太严了不行，对孩子管教过严、打骂过度，打坏了、打病了、打死了，怎么办？

元春的担忧是很有道理的。在小说第二十三回里面，贾宝玉正在和贾母盘算着要这个要那个，好搬进大观园里住，忽然听到丫鬟来说："老爷叫宝玉。"宝玉听了，好似打了个焦雷，登时扫去兴头，脸色都吓得变了。贾宝玉还拉着贾母扭得好似扭股儿糖一般，杀死不敢去。这就是太严导致的问题，贾宝玉特别害怕父亲，对父亲都有了心理阴影。

元春希望弟弟宝玉成才，贾政也希望借这个机会让元春看看弟弟现在水平怎么样，希望他没有辜负姐姐平时的叮嘱与期望。在前面我们也讲了，贾政专门叫上了贾宝玉，去题写这些亭台轩馆的匾额。

我们再往下看，最终贾宝玉写的大部分题款都被改掉了，可想而知，他的水平还是很有限的。我们在上一回讲到了贾宝玉是个很有思想水平的孩子，读的书很杂，见的世面也不少，因为毕竟是贵族子弟，有时他对事情的看法是很有深度的。

比如，对于"天然和人工"的思考，宝玉还是挺有见解的。他更认同天然雕琢的东西，对于人力穿凿的农田、水车这些人造景也讲出了自己的看法。题个匾额，取个名字还可以，但是，真让他去写诗，而且是当场写诗，他就露怯了。这就是非常典型的眼高手低。

元春现场出题，众姊妹各题一匾一诗，宝玉给潇湘馆、蘅芜苑、怡红院、浣葛山庄四处各赋五言律一首，且需元春当面试过，方不负姐姐自幼教授之苦心。

迎春、探春、惜春三人之中，探春略胜一筹。李纨勉强凑成一律。元春看后，评价道："终是薛林二妹之作与众不同，非愚姊妹可同列者。"

贾宝玉呢？因为被亲姐姐考试，且是临场发挥，内心很紧张，姊妹们都写完了，他才写到第三首。薛宝钗看到贾宝玉的"绿玉春犹卷"一句，赶紧友情提示：你姐姐因不喜欢"红香绿玉"才改成"怡红快绿"，你这里的"绿玉"最好改一下。

宝玉急得冒汗，竟把所学典故忘得一干二净，不知道用哪个词替代合适。薛宝钗继续帮忙，让宝玉将"绿玉"改为"绿蜡"。

宝玉道："'绿蜡'可有出处？"古人写诗讲究用典，没有来源胡乱造词，是行不通的。

宝钗悄悄地咂嘴点头笑道："亏你，今夜不过如此，将来金殿对策，你大约连'赵钱孙李'都忘了呢！唐钱珝咏芭蕉诗头一句：'冷烛无烟绿蜡干'，你都忘了不成？"

宝玉这才勉强写完三首。

好的写作
要有鲜活的画面

　　林黛玉看到贾宝玉抓耳挠腮也及时出手相助：她让宝玉把写好的三首，工整誊抄一遍，自己低头一想，吟成一律写在纸条上，搓成团子，丢给宝玉，为他完成了《杏帘在望》这一首。

　　薛宝钗写的《凝晖钟瑞》最典型，完全歌功颂德，并且紧紧围绕贵妃省亲这个主题，是一篇非常标准的高分文。

　　林黛玉的作业也很独特。林黛玉写的是一首《世外仙源》："名园筑何处，仙境别红尘。借得山川秀，添来景物新。香融金谷酒，花媚玉堂人。何幸邀恩宠，宫车过往频。"

　　其他几个姐妹写的诗都是直接赞美大观园建筑本身和皇恩浩荡，林黛玉写的却是园林中的生活。"金谷酒"这句是借用晋代富豪石崇的故事，大家现场写诗，写不出来罚酒。这是非常雅趣的生活方式，恰好吻合了元春省亲现场要大家写诗。"花媚玉堂人"是赞美元春本人。漂亮高级的大观园，是为高雅美丽的人来服务的，所以说，林黛玉写的诗比别人的独特。

　　可见，贾宝玉平时写些花花草草，堆砌一些华丽辞藻还可以，但是遇到正式场合，需要晒出真本领的时候，反而写不出好文章了。正如薛宝钗所说，亲姐姐考试你都如此紧张，将来殿试时，面对皇帝，那不是连赵钱孙李都要忘记了？那可是出大丑、闯大祸了。

曹雪芹笔下的贾宝玉，是一个读过一些杂七杂八的书，很有一些小聪明的公子哥。

他把贾宝玉的写作水平如实地刻画出来了。前三首诗是典型的小学生、初中生水平，用了一大堆形容词，除了空洞的辞藻堆砌，就是自己那片院子里有丫鬟伺候着的富贵生活。全是没有主题、没有深刻思想的景物描写，然而他还自我感觉文笔很好。

没有什么实践的能力，写作水平其实比较低下的贾宝玉，在小说中后期人生开窍之后，水平才有所提升。

林黛玉给贾宝玉代笔的那首，与他的其他几首境界完全不一样。所以，元妃看了喜之不尽，说："果然进益了。"又指第四首为四首之冠，即林黛玉所作的《杏帘在望》一诗，是贾宝玉四首中最好的一首。如果没有最后这一首，元春根本就不会高兴。第四首诗直接拉高了宝玉所作之诗的水平。

我们稍微分析一下，为什么林黛玉代笔的这首水平更高。

先看贾宝玉写的第三首《怡红快绿》：

深庭长日静，两两出婵娟。

绿蜡春犹卷，红妆夜未眠。

凭栏垂绛袖，倚石护青烟。

对立东风里，主人应解怜。

这是典型的学生腔小作文。贾宝玉的写作水平，就像现在的有些中小学生一样，堆砌辞藻，以为写写风景、衬托一下氛围就是好文笔。

庭院深深有碧绿的芭蕉，也有鲜红的海棠，好比两位"美人"，这就是"两两出婵娟"的意思。这里的婵娟形容女子的美好。

接下来，"红妆夜未眠"化用的是宋代苏轼写海棠的诗句"只恐夜深花睡去，故烧高烛照红妆"。而芭蕉呢，是靠着石头种植的，如同青烟。面对这么两位"美人"，主人当然是怜香惜玉。

这些诗句特别俗气老套，没有鲜明的主题，都是富贵公子的风花雪月小情调。总的来说，既没有文学价值，也没有思想深度。贾宝玉连措辞都不雅，只能想出绿玉，如果没有薛宝钗将其改成典雅一些的"绿蜡"，完全拿不出手。这就是讲起来头头是道，拿起笔就露馅了。

林黛玉写的《杏帘在望》就比贾宝玉写的强多了：

杏帘招客饮，在望有山庄。

菱荇鹅儿水，桑榆燕子梁。

一畦春韭绿，十里稻花香。

盛世无饥馁，何须耕织忙。

林黛玉写的就是一派乡村田园景色。"杏帘招客饮"中的"杏帘"是指挂在旗杆上的帘幕，即招牌。"招客饮"意思是招待客人饮酒、饮茶。

"菱荇鹅儿水"一句可翻译为：你看鹅儿在水面上游着，穿过菱角和荇菜。是不是满满的乡村味道，一派田园风光？"桑榆燕子梁"一句写出了春意盎然，写出了燕子的活泼生动。这种景物描写是富有朝气和自然气息的。

最后的"盛世无饥馁，何须耕织忙"，既紧扣主题，歌颂"皇妃省亲"，又描写了田园美好风光，并且都是生动具体的鲜活画面：有静有动，有人有物，有画面有寓意，有美好有歌颂。通过一幅生动的乡村画面，歌颂太平盛世，皇妃元春当然很开心。

林黛玉的诗言之有物，以景物描写突出鲜明的主题。这才是优秀作文，符合命题，而不是无病呻吟。

当然，除了这些，有一位好老师教导也很重要。林黛玉的老师是考中进士的贾雨村。林如海是探花，全国考试第三名，至少得找像贾雨村这样的高才生，给孩子做私人教师。

起点高，孩子自然知道什么是好文章，什么是平庸空洞的文笔。有了基本的审美水平和眼界，才容易出好成绩。

反观贾宝玉，幼年时期，他一心只想着吃喝玩乐、风花雪月，上学也只是各种玩耍，明明可以凭借家里的资源认识名家大咖，却不愿意与他们交流，错失多次好机会，当然笔头功夫不好，写不出好诗、好文了！

妙笔话考点

　　《红楼梦》第十七、十八回特别适合我们学习如何去训练我们的写作，提升我们的思想水平。真正的写作，真正的文学，真正的诗歌，不是一堆华丽的辞藻，而是有鲜活的画面、有思想，还要升华主题。好的作品既能够切题，又能够表达自己的想法。

　　青少年如何拥有像林黛玉这样的好文笔呢？多看书，增长见识；多认识人，与人打交道；多到大自然中体验生活，对照诗词歌赋，认识花草树木。

诗句芬芳 锦心绣口

　　自是霜娥偏爱冷，非关倩女亦离魂。——史湘云《咏白海棠》（《红楼梦》第三十七回）

　　霜娥：即嫦娥。

曹雪芹的遣词造句

原文采撷

第五十三回　　贾母歪在榻上，与众人说笑一回，又自取眼镜向戏台上照一回，又向薛姨妈李婶笑说："恕我老了，骨头疼，容我放肆些，歪着相陪罢。"因又命琥珀坐在榻上，拿着美人拳捶腿。

第七十一回　　至次日一早，见过贾母，众族中人到齐，坐席开戏。贾母高兴，又见今日无远亲，都是自己族中子侄辈，只便衣常妆出来，堂上受礼。当中独设一榻，引枕靠背脚踏俱全，自己歪在榻上。榻之前后左右，皆是一色的小矮凳，宝钗、宝琴、黛玉、湘云、迎春、探春、惜春姊妹等围绕。……

帘外两廊都是族中男客，也依次而坐。先是那女客一起一起行礼，后方是男客行礼。贾母歪在榻上，只命人说"免了罢"……

……

尤氏凤姐儿二人正吃，贾母又叫把喜鸾四姐儿二人也叫来，跟他二人吃毕，洗了手，点上香，捧过一升豆子来。两个姑子先念了佛偈，然后一个一个的拣在一个簸箩内，每拣一个，念一声佛。明日煮熟了，令人在十字街结寿缘。贾母歪着听两个姑子又说些佛家的因果善事。

第七十五回　　尤氏等遂辞了李纨，往贾母这边来。贾母歪在榻上，王夫人说甄家因何获罪，如今抄没了家产，回京治罪等语。贾母听了正不自在……

写作是语言的艺术，一字一词都很重要

顶级写作高手，在遣词造句上，可以说是"锱铢必较"。

曹雪芹常常只用一个动词、一个形容词或一个名词，就把人物的行为特征、性格、生活状态，活灵活现地呈现在读者面前。比如小说里写到贾母，最常用的就是一个"歪"字。

贾母平时看戏、休息、跟丫鬟们闲聊，就是"歪"在榻上的；接受子孙辈宾客的贺寿跪拜，她还是"歪"在榻上；贾母听尼姑讲因果报应的故事，也是"歪"着。

"歪"，一来写出了一位老人的身体状况。年纪大了，坐不住，容易腰酸背痛。俗话说，舒服不如躺着。但贾母是富贵人家的老祖宗，完全躺着，很不礼貌、不体面。所以她往往就在榻上歪着，也就是侧卧着。

二来突出了她的地位和生活状态。子孙承欢膝下的时候，平时见见亲戚客人的时候，平时闲聊取乐的时候，还有逢年过节的时候，她都很放松享受。因为她是这个大家族里地位最高、最受尊崇的老祖宗。那些儿媳妇、孙媳妇等晚辈，必须站着为她服务。丫鬟、仆人们就更不必说了。

当我们在文章里写到老人的时候，就可以参考借鉴起来。如果是一位社会地位比较低下、年纪又大的老人，他出现的场合，就可以多用"驼"着，如"总是驼着背"。

同样的，在其他很多地方，曹雪芹也使用了这种强化细节的字词。

把一件事说清楚 就在于描写人的活动

原文采撷

第七十五回　　这次在贾赦手内住了，只得吃了酒，说笑话。因说道："一家子一个儿子最孝顺。偏生母亲病了，各处求医不得，便请了一个针灸的婆子来。这婆子原不知道脉理，只说是心火，如今用针灸之法，针灸针灸就好了。这儿子慌了，便问：'心见铁即死，如何针得？'婆子道：'不用针心，只针肋条就是了。'儿子道：'肋条离心甚远，怎么就好？'婆子道：'不妨事，你不知天下父母心偏的多呢。''"众人听说，都笑起来。贾母也只得吃半杯酒，半日笑道："我也得这个婆子针一针就好了。"

《红楼梦》这一回描写贾府中秋夜宴。为了取乐，大家玩击鼓传花的游戏，鼓停下来，花在谁手里就要罚一杯酒、讲一个笑话。花传到贾赦手里，他就说了一个"偏心的母亲"的笑话。

我们注意看曹雪芹的遣词造句。

贾赦作为大儿子，不受母亲待见。在贾母看来，这个儿子不争气，沉迷于酒色财气，做人很糟糕。"如今上了年纪，作什么左一个小老婆右一个小老婆放在屋里，没的耽误人家。放着身子不保养，官儿也不好生作去，成日家和小老婆喝酒。"

贾母更加看重贾政这个二儿子，荣国府里当家的也是二儿子。就连贾赦的儿子和儿媳妇——贾琏和王熙凤，也是听王夫人的。

贾母的确是偏心的，贾赦就是在故意讽刺贾母。

曹雪芹用了两个细节来描写贾母的情感状态，"只得吃半杯酒""半日笑道"。

这个母亲已经很生气、很恼火了，但大过节的，子孙们都团聚在一起，碍于面子，不好发脾气。所以她顾全体面，还是喝了酒，却很勉强地只喝了半杯。这酒里满满都是大儿子的怨气，她难以下咽。

"半日笑道"，则表明贾母在克制、压抑自己的怒火，忍耐了半日。这是个夸张的说法，说明贾母用了很长一段时间，好不容易才压下

37

火气，笑着掩饰。这充分体现了她的这股怒火非常猛烈。一个人生气的时候，很难笑出来。贾母强迫自己笑出来，更加体现了她的忍耐力。

但她说出来的话是针锋相对的，直接承认自己偏心。这个语气语调，带着强烈的自嘲和不高兴。

把一件事说清楚，就在于描写人物的活动。

高手写作，描写动作、神态的细节，几乎不用形容词。

从贾母的时常"歪"着，到"半日笑道"，我们能够清晰准确地感受到人物强烈的爱恨怨憎。

这种细致入微的遣词造句，显示出了曹雪芹写作的高明。

妙笔话考点

很多作家都有这样的写作习惯：能够用动词的，就不用形容词；能够用短句的，就不用长句，否则会显得啰里啰唆，文字不通畅；能够用生活中的口语的，就不用书面语，这是因为字、词、句是构成文章的原材料，遣词造句，越生动越好。鲁迅谈到写小说的经验时说："我做完之后，总要看两遍，自己觉得拗口的，就增删几个字，一定要它读得顺口。"

人是活动的，故事是发展的。写散文小说，就应该活灵活现，栩栩如生。一个动词，往往会胜过一大段形容词描写。人的语言可能有伪装的成分，然而身体却是诚实的，不会撒谎。写小说就可以充分利用这一点。贾母虽然嘴上承认自己偏心，说也得针灸一下自己的心，但实际上，她忍耐老半天才忍住没翻脸发火。

在写作中，我们也要注意语言的运用。有时候，一个动作就会让整体叙事效果发生质的改变。比如唐代诗人贾岛写"鸟宿池边树，僧敲月下门"一句时"推""敲"的故事。"敲"说明是登门拜访，彼此还很客气；若改成"推"则说明大家很熟了，不用打招呼就可以直接进门。

诗句芬芳 锦心绣口

芳心一点娇无力，倩影三更月有痕。——贾探春《咏白海棠》（《红楼梦》第三十七回）

芳心：指女子的情意，这里喻花蕊。倩影：俏丽的身影。月有痕：指白海棠在月光下的投影。痕：这里指影子。

写作容许适当的虚构

原文采撷

第三回　　宝玉便走近黛玉身边坐下，又细细打量一番，因问："妹妹可曾读书？"黛玉道："不曾读，只上了一年学，些须认得几个字。"宝玉又道："妹妹尊名是那两个字？"黛玉便说了名。宝玉又问表字。黛玉道："无字。"宝玉笑道："我送妹妹一妙字，莫若'颦颦'二字极妙。"探春便问何出。宝玉道："《古今人物通考》上说：'西方有石名黛，可代画眉之墨。'况这林妹妹眉尖若蹙，用取这两个字，岂不两妙！"探春笑道："只恐又是你的杜撰。"宝玉笑道："除'四书'外，杜撰的太多，偏只我是杜撰不成？"

古今中外
都有杜撰的先例

贾宝玉初次见到林黛玉，觉得这个妹妹非常漂亮，就给林黛玉取了表字"颦颦"。古人在本名以外，还会取个跟自己有关联意义的别名。贾宝玉看到林黛玉一颦一笑恍若仙子，就自告奋勇为她取了表字。

探春这个时候故意询问，取这个名字有什么典故？在前文中我给大家讲过，古人写作，特别讲究用典，让文章更加文雅有韵味，含义更加丰富。贾宝玉就说出自《古今人物通考》。探春一听，就觉得不对劲，她对自己这个哥哥的性格、脾气很了解，干脆直接地戳穿了他在杜撰典故。

贾宝玉就开始辩解，杜撰这件事情，又不是只有他在做，很多文人都这样干过。

看看，贾宝玉这孩子天赋异禀，太聪明了。他说得没错。谈到创作，我们都知道，小说是虚构的。

那么小说之外的文章呢？那些随笔、杂文、游记等，是完全真实的吗？那些名人传记故事，都是真的吗？

其实，年代越久，越有可能是杜撰的。范仲淹的名篇《岳阳楼记》名扬千古，但并不是完全写实的文章。庆历四年（1044年）春天，范仲淹的好友滕子京被贬到巴陵郡，也就是今天湖南岳阳一带。滕子京是个做实事的官员，重修了岳阳楼，邀请范仲淹写文章纪念，还送了一幅《洞庭秋晚图》供他参考。范仲淹没去过岳阳楼，全凭想象写的《岳阳楼记》。

我们的古人，其实也坦然承认，他们写文章、写诗歌主要是为了抒发抱负，表达心中的情感，并不是为了专门记录建筑物景观，也不是在写应用文。风景名胜只是一个表达的对象。换一个地方，换一栋楼，也可以写出好文章。

所以呀，杜撰这种事，古今中外都不例外。

艺术可以虚构，但不能过头，不要穿帮

小说不能完全信，因为它是虚构的，大部分人都明白。散文随笔也不能全信，值得半信半疑就算不错了。

获得了诺贝尔文学奖的中国作家莫言就很实诚："咱家也坦率地承认，咱家那些散文、随笔基本上也是编的。咱家从来没去过什么俄罗斯，但咱家硬写了两篇长达万言的《俄罗斯散记》。咱家写俄罗斯草原，写俄罗斯边城，写俄罗斯少女，写俄罗斯奶牛，写俄罗斯电影院里放映中国的《地道战》，写俄罗斯小贩在自由市场上倒卖微型原子弹。""关于散文的真实与虚假的问题，我开始也认为散文必须写作家的亲身经历，写确实在生活中让他感悟很深的一件事。后来我发现不是这么一回事，包括很多大家的著名散文。""散文可以大胆地

虚构，而且我相信90％的作家已经这样做了，只是不愿承认而已。"

莫言一旦醒悟了，就放开了思想束缚，写起小说、散文来天马行空，自由奔放。

他这么做的原因也非常简单：艺术源于生活，高于生活。

文学艺术追求的是更好的艺术效果，是容许杜撰的。合情合理的虚构，可以为文章增光添彩，使文章更加具有可读性。

虚构可以，但不能过头穿帮，否则就会适得其反，普通读者会怀疑你写的一切的真实性。

在著名作家杨绛去世后，市面上冒出了她的《一百岁感言》，文中写道："我们曾如此期盼外界的认可，到最后才知道：世界是自己的，与他人毫无关系。"这几句话走红网络，被很多知名博主乃至许多单位的官方微博转发，大量学生更是将之引用到作文里。我当时看到后就非常怀疑是不是杨绛先生写的。要知道，杨绛先生是一个年过百岁的中国传统知识分子，遣词造句讲究朴素平实淡雅，怎么可能说出这么矫情的网红腔调语录呢？

果然，后来记者经过调查，发现这几句话完全是网友捏造虚构的。在报刊公开发表的《坐在人生的边上——杨绛先生百岁答问》当中，完全没有这几句话。这几句假名言之所以会穿帮，就是因为编造过头了。

妙笔话考点

　　学生们写作文的时候，有个有趣的现象，那就是有时会虚构名人名言乃至名人故事，来佐证自己的观点。我认为，这种做法不可取。平时多积累，就不至于无典可用。积累时也要多甄别，比如爱迪生孵小鸡、达·芬奇画鸡蛋等故事都是虚构的，却被我们一用再用，是很可笑的事。其实阅卷人的阅读量，远远大于考生，而且现在网上查询那么方便，检验故事真假很容易，胡编乱造很难蒙混过关。

诗句芬芳 锦心绣口

　　香融金谷酒，花媚玉堂人。——林黛玉《世外仙源》（《红楼梦》第十七回至十八回）

　　金谷酒：晋代石崇有金谷园，他常与宾客游宴其中，命各赋诗，"不能者，罚酒三斗"（见其《金谷诗序》。这里借指大观园开筵赋诗。玉堂人：指元春。玉堂：嫔妃所居之处。

第二章

红楼梦里的高明写作手法

伟大的作家擅长写小事

 原文采撷

第七十回　　这日众姊妹皆在房中侍早膳毕，便有贾政书信到了。宝玉请安，将请贾母的安禀拆开念与贾母听，上面不过是请安的话，说六月中准进京等语。其馀家信事务之帖，自有贾琏和王夫人开读。众人听说六七月回京，都喜之不尽。……

宝玉进入怡红院，歇了半刻，袭人便乘机见景劝他收一收心，闲时把书理一理预备着。宝玉屈指算一算说："还早呢。"袭人道："书是第一件，字是第二件。到那时你纵有了书，你的字写的在那里呢？"宝玉笑道："我时常也有写了的好些，难道都没收着？"袭人道："何曾没收着。你昨儿不在家，我就拿出来，共总数了一数，才有五六十篇。这三四年的工夫，难道只有这几张字不成。依我说，从明日起，把别的心全收了起来，天天快临几张字补上。虽不能按日都有，也要大概看得过去。"宝玉听了，忙的自己又亲检了一遍，实在搪塞不去，便说："明日为始，一天写一百字才好。"说话时大家安下。

至次日起来梳洗了，便在窗下研墨，恭楷临帖。……

原来林黛玉闻得贾政回家，必问宝玉的功课，宝玉肯分心，恐临期吃了亏。因此自己只装作不耐烦，把诗社便不起，也不以外事去勾引他。探春宝钗二人每日也临一篇楷书字与宝玉，宝玉自己每日也加工，或写二百三百不拘。至三月下旬，便将字又集凑出许多来。这日正算，再得五十篇，也就混的过了。谁知紫鹃走来，送了一卷东西与宝玉，拆开看时，却是一色老油竹纸上临的钟王蝇头小楷，字迹且与自己十分相似。喜的宝玉和紫鹃作了一个揖，又亲自来道谢。

学写作
必然要从小事写起

每每被问及如何写作，怎么才能写好文章，写什么才好，我常回答："写小事，写小事，写小事。"

重要的话，说三遍。

所谓作家，就是能从平平无奇的生活里，抓住别致的小事情，写出精彩有趣的文章的人。而伟大的作家，更是能把小事写得惊心动魄，在读者心里掀起滔天巨浪。

小说里写贾宝玉的爹出差去了，大观园里没有人管他，他就光顾着和姐姐妹妹们玩去了。突然有一天传来消息，他爹办完了皇帝交办的差事，准备回家了。贾宝玉的丫鬟袭人提醒他：你的作业还不够呢！贾宝玉这才想起自己没有好好念书，作业也没有好好写。清点了平时写字的数量，发现根本没法敷衍过去，贾宝玉这才急了，赶紧补作业。

要知道，他爹贾政是个非常严肃认真的人，对他寄予厚望。因为希望儿子成才，所以他一直严厉地管教儿子，甚至有一次把贾宝玉打个半死。他回来了，肯定要检查贾宝玉的作业。

这时候贾宝玉开始早起，把作业补起来。问题是他平时玩得太疯，欠下的功课太多了。他只好请人代笔，他的姐妹们就杂七杂八地给他凑作业。

就是这么一件很小的事情，我相信很多人都有共鸣。我们上小学、中学时，一到放寒暑假，就光顾着玩耍了，等到假期快结束时，才想起来要交作业，于是临时抱佛脚，拼命赶时间补写作业。贵族公子贾宝玉也不例外。

贾宝玉的姐姐妹妹们，给他当枪手，这其实是作弊。但老爷快回家了，补齐家庭作业迫在眉睫。因为大家很怕贾政生气发怒，再次暴打贾宝玉。

这时候书里面淡淡地写了一笔："谁知紫鹃走来，送了一卷东西与宝玉，拆开看时，却是一色老油竹纸上临的钟王蝇头小楷，字迹且与自己十分相似。"

虽然都是在帮忙，但别的姐姐妹妹只不过是凑数交差。唯有林黛玉最紧张，把开诗社这样吟诗作赋的日常消遣找了个理由直接取消了，每天专心致志临楷书代笔。

紫鹃是林黛玉的丫鬟，送来的就是林黛玉给贾宝玉代笔的钟王蝇头小楷。"钟王蝇头小楷"是什么样的呢？钟王就是钟繇和王羲之。这两位是历史上的大书法家，他们的楷书是后世人临摹字帖的典范。

楷书，端正细致，做人也应该如此，我们常常用到的词语是楷模。蝇头的意思就简单了，像苍蝇的脑袋那么小。写这种字体，是极为劳心劳力的。

我小时候不知道书法有多难写，不通世事。成年懂事之后，再读到《红楼梦》里的这一节，我简直是内心翻腾，眼眶发酸，差一点落泪。

大家都知道林黛玉喜欢贾宝玉，可到底有多喜欢呢？林黛玉的身体不好，常年生病，睡眠也差，但是为了帮贾宝玉交差，这个生病的女孩子，俯首书案，帮这个男孩代笔了"一卷"作业。这一整卷，都是苍蝇脑袋那么小的精致楷书，而且还是刻意模仿贾宝玉的笔迹，一笔一画，避免穿帮的楷书。要多辛苦有多辛苦，要多用心就有多用心。同一件小事大家都在做，林黛玉做的却与别人不同。

就这么一卷代笔的楷书作业，融入了林黛玉无限深情。林黛玉并没有挂在嘴边念叨为贾宝玉付出了多少，她为的是自己的心。贾宝玉心知肚明，感念于心，两个人就有了默契。但这两个玉儿如此情深，却未能白头。这部小说，几百年来摧枯拉朽一般掀翻我们的心。

《红楼梦》里这样的小事情，俯拾皆是。以小寓大，微言大义，是写作的重要技巧。写好小事情的关键，就在于抓住人物的行为特色。

以小见大
才算是好文章

在小说第三十八回，大观园的才子、才女们吃了螃蟹，又以螃蟹为主题写诗。其中薛宝钗那首诗痛快淋漓，讽刺了世人的追逐名利，庸俗贪婪。

桂霭桐阴坐举觞，长安涎口盼重阳。
眼前道路无经纬，皮里春秋空黑黄。
酒未敌腥还用菊，性防积冷定须姜。
于今落釜成何益，月浦空馀禾黍香。

这首诗大家看了，都赞不绝口，认为写得好，说这是食螃蟹的绝唱！这些小主题要寓大意于其中才算是佳作。

薛宝钗在诗里用了一个历史典故——"长安涎口"。唐玄宗时代，汝阳郡王李琎已经喝了三斗酒，在上朝的路上碰上运曲酒的车子，还是流起了口水。这个典故讽刺了权贵们的贪婪好吃。"眼前道路无经纬"是说螃蟹横着走，不看方向，比喻人横行霸道。"皮里春秋空黑黄"是说螃蟹没有肠子，讽刺有的人肚子里没有真才实学。"落釜"就是进了蒸锅里，接着就会被人当成香喷喷的美食吃掉。所以薛宝钗的诗看起来是写吃螃蟹这个小事，其实是在说贪婪又横行霸道的权贵们没有好下场。如果国家都是这些权贵当政，肯定是不行的。这首诗体现了薛宝钗关心社会、批评国家大事的大才华。

真正的名家高手，能做到"以小寓大"。螃蟹固然美味，但如果只像林黛玉一样写出"螯封嫩玉双双满，壳凸红脂块块香"，就会既没有深刻的思想寓意，也没有独特的见解感受。林黛玉本来是个高手，很有诗才，但写完以后，她自己也知道这纯粹是敷衍堆砌的废话，便一把撕了，命人烧去。

小事情反映大世界

原文采撷

第四十回　刘姥姥拿起箸来，只觉不听使，又说道："这里的鸡儿也俊，下的这蛋也小巧，怪俊的。我且肏攮一个。"众人方住了笑，听见这话又笑起来。贾母笑的眼泪出来，琥珀在后捶着。贾母笑道："这定是凤丫头促狭鬼儿闹的，快别信他的话了。"那刘姥姥正夸鸡蛋小巧，要夹攮一个，凤姐儿笑道："一两银子一个呢，你快尝尝罢，那冷了就不好吃了。"刘姥姥便伸箸子要夹，那里夹的起来，满碗里闹了一阵好的，好容易撮起一个来，才伸着脖子要吃，偏又滑下来滚在地下，忙放下箸子要亲自去捡，早有地下的人捡了出去了。刘姥姥叹道："一两银子，也没听见个响声儿就没了。"

众人已没心吃饭，都看着他笑。

刘姥姥再次走亲戚，到贾府送菜，以表示感谢。贾母正想找个新鲜乐子，就留下刘姥姥做客，陪她闲聊。在贾母吃晚饭摆宴席的时候，发生了这样一件很小的趣事。

这么一幅生动有趣的画面，把千金贵妇、老祖宗都逗乐了，唯独我们这些读者笑不出来。贾母一眼看出来，这是王熙凤故意捉弄刘姥姥的。王熙凤和鸳鸯商议放了一双笨重的筷子给刘姥姥，还偏要端一碗鸽子蛋放在刘姥姥面前，故意让刘姥姥出丑闹笑话。这样就能逗笑贾母，讨贾母欢心。刘姥姥呢，其实心知肚明。一方面，她上一次来打秋风，要到了钱，总得表示点感恩之情；另一方面，她往来走动，继续与贾府联络感情，跟他们混得越熟，好处越多。所以，刘姥姥也在配合王熙凤、鸳鸯的安排。

所以刘姥姥明知道那是一双不好使的筷子，偏偏去夹不好夹的鸽子蛋，还装作不认识，夸鸡蛋小巧。

但这样的小事，哪怕写好了，充其量也只能称得上是一个优秀的懂人情世故的作家。在伟大的作家笔下，小题目，必须寓大意思；小事情，要反映出庞大的时代背景。

这个小事情，就是鸽子蛋的价钱。凤姐挑明了显摆富贵——贾府夜宴的饭桌上，一个鸽子蛋，要一两银子。这珍贵的鸽子蛋，小巧玲珑、细嫩光滑，筷子夹不住，掉在地上被人捡出去了。刘姥姥叹息：一两银子悄无声息地没了。

正是在吃螃蟹那件事上，刘姥姥算过细账："这样螃蟹，今年就值五分一斤。十斤五钱，五五二两五，三五一十五，再搭上酒菜，一共倒有二十多两银子。阿弥陀佛！这一顿的钱够我们庄家人过一年了！"

换算下来，一两银子足够庄家人过半个月。关于"朱门酒肉臭，路有冻死骨"，我们就有了更深刻的感受。贾府轻易丢弃的一个鸽子蛋，是老百姓半个月的生活费。锦衣玉食的贵族，奢侈到难以想象的地步。而袭人这样的大丫头，一个月的月钱，也就是一两银子。辛辛苦苦服侍贾宝玉一个月，报酬不过是人家饭桌上一枚鸽子蛋的钱罢了。

豪门这样挥霍奢侈，老百姓却是那么贫困。这样残酷的对比，折射出社会的时代背景：天下千千万万的老百姓，被敲骨吸髓，他们用血汗换来的东西，供养着京城里成百上千的豪门之家。

刘姥姥吃鸽子蛋这件小事，让我们瞬间认识到了人世间最大的不平等。

伟大的作家，必定擅长写小事，通过小事情反映大世界。

妙笔话考点

"以小见大"这种笔法的优点是：节约笔墨，精练有力，寓意悠长。

写小事，并不是逮住一件鸡毛蒜皮的事就去写，而是要细心琢磨，抓住具有代表性的重要细节，融入人生体验、社会思考等大寓意。郁达夫称赞现代散文好在"一粒沙里见世界，半瓣花上说人情"，也是在表现这样的写作境界。比如，朱自清的《背影》之所以感人，就在于细节的具体，比如父亲为儿子买橘子，体态比较胖，爬上月台动作蹒跚艰难。这就是典型的人物细节，令人深思。

诗句芬芳 锦心绣口

眼前道路无经纬，皮里春秋空黑黄。——薛宝钗《螃蟹咏》（《红楼梦》第三十八回）

经纬：这里指纵横、法度。**皮里春秋**：即表面不露好恶而内心深藏褒贬。

最高明的心理描写：王熙凤步步赞赏

 原文采撷

第十一回　　于是凤姐儿带领跟来的婆子丫头并宁府的媳妇婆子们，从里头绕进园子的便门来。但只见：

> 黄花满地，白柳横坡。小桥通若耶之溪，曲径接天台之路。石中清流激湍，篱落飘香；树头红叶翩翩，疏林如画。西风乍紧，初罢莺啼；暖日当暄，又添蛩语。遥望东南，建几处依山之榭；纵观西北，结三间临水之轩。笙簧盈耳，别有幽情；罗绮穿林，倍添韵致。

凤姐儿正自看园中的景致，一步步行来赞赏。

用细微动作
描写人物的内心世界

《红楼梦》的笔法太高明了，用各种细微的动作，来描写人物的内心世界。本文给大家深度分析，曹雪芹是怎么写好人物心理的。

每次读到下面这一节，我就感叹，做人难，做枭雄更难。

原文采撷

第十一回　　凤姐儿、宝玉方和贾蓉到秦氏这边来了。进了房门，悄悄的走到里间房门口，秦氏见了，就要站起来，凤姐儿说："快别起来，看起猛了头晕。"于是凤姐儿就紧走了两步，拉住秦氏的手，说道："我的奶奶！怎么几日不见，就瘦的这么着了！"于是就坐在秦氏坐的褥子上。宝玉也问了好，坐在对面椅子上。贾蓉叫："快倒茶来，婶子和二叔在上房还未喝茶呢。"

秦氏拉着凤姐儿的手，强笑道："这都是我没福。这样人家，公公婆婆当自己的女孩儿似的待。婶娘的侄儿虽说年轻，却也是他敬我，我敬他，从来没有红过脸儿。就是一家子的长辈同辈之中，除了婶子倒不用说了，别人也从无不疼我的，也无不和我好的。这如今得了这个病，把我那要强的心一分也没了。公婆跟前未得孝顺一天；就是婶娘这样疼我，我就有十分孝顺的心，如今也不能够了。我自想着，未必熬的过年去呢。"

……

这里凤姐儿又劝解了秦氏一番，又低低的说了许多衷肠话儿。尤氏打发人请了两三遍，凤姐儿才向秦氏说道："你好生养着罢，我再来看你。合该你这病要好，所以前日就有人荐了这个好大夫来，再也是不怕的了。"秦氏笑道："任凭神仙也罢，治得病治不得命。婶子，我知道我这病不过是挨日子。"凤姐儿说道："你只管这么想着，病那里能好呢？总要想开了才是。况且听得大夫说，若是不治，怕的是春天不好呢。如今才九月半，还有四五个月的工夫，什么病治不好呢？咱们若是不能吃人参的人家，这也难说了；你公公婆婆听见治得好你，别说一日二钱人参，就是二斤也能够吃的起。好生养着罢，我过园子里去了。"秦氏又道："婶子，恕我不能跟过去了。闲了时候还求婶子常过来瞧瞧我，咱们娘儿们坐坐，多说几遭话儿。"凤姐儿听了，不觉得又眼圈儿一红，遂说道："我得了闲儿必常来看你。"

脂砚斋直截了当地说王熙凤是枭雄，是曹操之类的人物。枭雄和英雄有什么区别呢？倒不在于成王败寇，很多枭雄所成就的事业，也是旷古烁今的。枭雄和英雄相比，有时候就在于那么点微妙差别——枭雄更加敬业，压抑自我的人性。

王熙凤和秦可卿的交情是很好的，彼此惺惺相惜。二人都是聪明人，都要强，心性都很高。说实话，她们两个就是同类。区别在于秦可卿走的是表面温柔和顺的路子，比王熙凤的境界更高。但往往就因为境界更高一筹，代价也更大一些，更快地"好事终"。

既然要强，秦可卿也是个想掌权做事的人。想要权力，拿什么来换？世事岂能尽如人意？宁府太荒淫，权力都在族长贾珍手里，太爷贾敬一心只想修炼成仙，不管家务。贾珍有一堆妾还不知足，更染指了儿媳秦可卿。我们反推情节，如果不染指呢？贾珍会听秦可卿的吗？秦可卿会拿到实际权力吗？

在第十三回里，对于秦可卿的死，"彼时合家皆知，无不纳罕，都有些疑心"。秦可卿心病种下，心理压力巨大，拖垮身体，香消玉殒。王熙凤在这一点上就不同，她原行得正，站得住，经得起考验。她是个脂粉队伍里的英雄，把持住了女子当权的关键——私生活作风过硬。

所以，王熙凤是枭雄，她更爱钱和权。

枭雄王熙凤也是有真情的，心知秦可卿命不久矣，"这里凤姐儿又劝解了秦氏一番，又低低的说了许多衷肠话儿"，"凤姐儿听了，不觉得又眼圈儿一红"。

但是泼辣能干、风风火火的凤姐，丝毫没忘她的另一件差事。她要切换状态，去完成她的"饭局"工作。

她没忘记，她可是如今管事的人之一了，还要出席宁国府太爷的寿辰宴席，陪同亲戚，还要伺候王夫人这些太太。婆子们已经急切地催了好几回了。结果她发现，到了天香楼，爷们都不见人影了。

一问之下，才知道原来贾府的男人们早就换场子去吃喝玩乐了。为什么要换场子？避开女眷家属，才好肆无忌惮地寻欢作乐嘛。毕竟公侯之家，公开场合下，还存有一点羞耻心。

所以凤姐儿说道："在这里不便宜，背地里又不知干什么去了！"尤氏笑道："那里都像你这么正经人呢。"

只有王熙凤这个正经人，在忙着正经事。其他男的，都是些不正经的东西。她必须从物伤其类的悲伤里，迅速切换，平复情绪——从哀叹秦可卿快死了的无奈中，切换到一家子老老少少兴奋地给太爷贺寿，以避免忙中出乱。

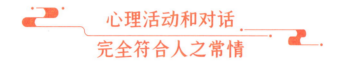

心理活动和对话
完全符合人之常情

原文采撷

第十一回　　凤姐儿是个聪明人，见他这个光景，如何不猜透八九分呢，因向贾瑞假意含笑道："怨不得你哥哥时常提你，说你很好。今日见了，听你说这几句话儿，就知道你是个聪明和气的人了。这会子我要到太太们那里去，不得和你说话儿，等闲了咱们再说话儿罢。"贾瑞道："我要到嫂子家里去请安，又恐怕嫂子年轻，不肯轻易见人。"凤姐儿假意笑道："一家子骨肉，说什么年轻不年轻的话。"贾瑞听了这话，再不想到今日得这个奇遇，那神情光景亦发不堪难看了。凤姐儿说道："你快入席去罢，仔细他们拿住罚你酒。"贾瑞听了，身上已木了半边，慢慢的一面走着，一面回过头来看。凤姐儿故意的把脚步放迟了些儿，见他去远了，心里暗忖道："这才是知人知面不知心呢，那里有这样禽兽样的人呢。他如果如此，几时叫他死在我的手里，他才知道我的手段！"

……

凤姐儿听了，款步提衣上了楼，见尤氏已在楼梯口等着呢。尤氏笑说道："你们娘儿两个忒好了，见了面总舍不得来了。你明日搬来和他住着罢。你坐下，我先敬你一钟。"于是凤姐儿在邢、王二夫人前告了坐，又在尤氏的母亲前周旋了一遍，仍同尤氏坐在一桌上吃酒听戏。尤氏叫拿戏单来，让凤姐儿点戏，凤姐儿说道："亲家太太和太太们在这里，我如何敢点。"邢夫人王夫人说道："我们和亲家太太都点了好几出了，你点两出好的我们听。"凤姐儿立起身来答应了一声，方接过戏单，从头一看，点了一出《还魂》，一出《弹词》，递过戏单去说："现在唱的这《双官诰》，唱完了，再唱这两出，也就是时候了。"王夫人道："可不是呢，也该趁早叫你哥哥嫂子歇歇，他们又心里不静。"尤氏说道："太太们又不常过来，娘儿们多坐一会子去，才有趣儿，天还早呢。"凤姐儿立起身来望楼下一看，说："爷们都往那里去了？"旁边一个婆子道："爷们才到凝曦轩，带了打十番的那里吃酒去了。"凤姐儿说道："在这里不便宜，背地里又不知干什么去了！"尤氏笑道："那里都像你这么正经人呢。"

探望秦可卿之后，她看着风景，转移注意力，好不容易稳定情绪，进入欢喜的状态，却冒出个贾瑞。若换一个胆小的女孩，恐怕会被贾瑞吓唬得尖叫连连，完全失控。

但她是王熙凤，不是普通人。她先是虚与委蛇，摆平了贾瑞，让贾瑞少安毋躁自动退下，回过头，便下狠心要给他点厉害瞧瞧。款款而行，提着衣裳，可见王熙凤的小心翼翼。

从王熙凤对贾瑞的鄙视，骂他禽兽不如的话中，可想而知，她在男女私情上，很介意，很讲究。

王熙凤的工作日，才这么半天，欢、悲、惊、怒，接踵而至。她再次拿出高水平的职业素养，"款步提衣"，不能慌，不能乱，要镇定，不动声色地继续排场看戏。枭雄总是格外敬业。

她的真实心声，只在发现爷们都不负责任只顾潇洒的时候，露了一下，接着继续说说笑笑，点戏看戏，直到酒席撤掉，再与大家一番客套挽留、客气告辞，才走完流程，打道回府。

在男尊女卑的封建王朝，男的可以不正经，但女的必须很正经，还得装得大度，表示自己不嫉妒、不吃醋。

这就是《红楼梦》的高明笔法，情节强烈冲突，极具戏剧性，但细节上一丝不苟，认真写实。心理活动、外部动作、对话，完全符合人之常情，符合人物角色的性格和生活中的逻辑反应，几乎达到了摄影照片般的超写实水平。

妙笔话考点

　　赏文学经典，我们可以使用"代入"法。想象你是王熙凤，刚刚探望了患病的亲人，心情不好。这个时候，你又要去出席一个商务会谈。你会怎么做？设身处地，把自己放入那样的情境之中，就能理解王熙凤的做法。读懂了王熙凤的心思，也就读懂了作者的写法。通过王熙凤的正正经经做事做人，从反面证明了，贾府里的男人都是酒囊饭袋，每天只知吃喝玩乐。这样的家族，光靠一个王熙凤，怎么可能维持下去？王熙凤再能干也无法力挽狂澜。

诗句芬芳 锦心绣口

　　凡鸟偏从末世来，都知爱慕生此才。——《金陵十二钗王熙凤判词》（《红楼梦》第五回）

　　凡鸟：合起来是"凤"（鳳）字的繁体，既点明王熙凤之名，又说她才能杰出。

描写人物内心活动，就在宝钗扑蝴蝶

 原文采撷

第二十七回　　（小红）又听说道："嗳呀！咱们只顾说话，看有人来悄悄在外头听见。不如把这槅子都推开了，便是有人见咱们在这里，他们只当我们说顽话呢。若走到跟前，咱们也看的见，就别说了。"

宝钗在外面听见这话，心中吃惊，想道："怪道从古至今那些奸淫狗盗的人，心机都不错。这一开了，见我在这里，他们岂不臊了。况才说话的语音，大似宝玉房里的红儿的言语。他素昔眼空心大，是个头等刁钻古怪东西。今儿我听了他的短儿，一时人急造反，狗急跳墙，不但生事，而且我还没趣。如今便赶着躲了，料也躲不及，少不得要使个'金蝉脱壳'的法子。"犹未想完，只听"咯吱"一声，宝钗便故意放重了脚步，笑着叫道："颦儿，我看你往那里藏！"一面说，一面故意往前赶。

在这一回里，曹雪芹对薛宝钗的这段心理描写非常细腻，传递的信息量巨大。

《红楼梦》这部小说，主要是通过故事发展来展现人物特质的，所以很少直接描写人物的内心世界，经常一两句就带过。

但在滴翠亭这件事情当中，却彻底展现了一把薛宝钗的内心世界，用极为出色的笔法，写出了一个重要人物的内心活动。

人物的想法
要遵守叙事的逻辑

我们先从这段描写的因果逻辑关系去分析。

先有薛宝钗天真的一面。她先是去扑玩两只玉色蝴蝶，然后才听到小红和坠儿的一大段对话。两个丫鬟的对话不怎么见得了光，所以二人很心虚，生怕被人偷听到。偏偏就是这么巧，薛宝钗在外面偷听。

小红想要开窗，薛宝钗害怕当面对峙，她的内心世界，就开始运行了。

首先，"大似宝玉房里的红儿的言语"。要知道，在这一回"滴翠亭杨妃戏彩蝶，埋香冢飞燕泣残红"中，滴翠亭事件之后，才有小红的崭露头角，她把四五门子奶奶的话说得一清二楚，赢得了王熙凤的青睐。在此之前，小红只不过是贾宝玉房里的四等丫头，被麝月、晴雯们排挤的对象，根本摸不到贾宝玉的人，只有千辛万苦找空子给贾宝玉端茶，才能说上话。

薛宝钗已经把小红的底细特点摸得明明白白，知道她眼空心大，是头等刁钻古怪东西。有"头等"，那就会有"次等"，这也说明薛宝钗已经研究过这些丫头，在心里做了一份排行榜。肯定还有二等刁钻的、三等刁钻的。

薛宝钗是千金小姐，研究贾宝玉房里的大丫鬟不说，连这些低等丫鬟都琢磨清楚了，要做什么？

答案只有一个，为自己嫁到贾府管家做准备。

其次，薛宝钗怕什么？怕丫鬟小红被偷听了不三不四的对话，狗急跳墙。在当时的礼教社会，要是不顾礼义廉耻的话传出去，小红会被打骂责罚赶出去。这是会逼死人的。这是一件非常严重的事情。所以薛宝钗的怕，是合情合理的。

薛宝钗害怕，难道林黛玉就不怕？

有趣的细节来了，紧接着小说里就写，红玉道："若是宝姑娘听见，还倒罢了。林姑娘嘴里又爱刻薄人，心里又细，他一听见了，倘或走露了风声，怎么样呢？"

薛宝钗观察小红，小红也在观察薛宝钗。实话实说，大观园里，这些丫鬟都在等着看到底谁是她们最后的主子。只要她们还在贾宝玉的房间内，她们就是贾宝玉的人。她们在判断、琢磨，到底哪个好相处。

在小红眼里，薛宝钗好相处，因为薛宝钗明哲保身，事不关己高高挂起，一问三不知。而林黛玉爱刻薄人，经常取笑调侃人。小红的判断和顾虑完全是对的。

在后面的故事里，"投鼠忌器宝玉瞒赃"这一回中，林黛玉就是这样的。彩云曾偷了一些东西给赵姨娘，平儿等人怕三姑娘探春生气为难，于是让宝玉应承下来。只说是他拿出一些东西和玉钏儿、彩云开玩笑，平了柳五儿的盗窃冤案。林黛玉在酒席上打趣"他倒有心给你们一瓶子油，又怕挂误着打盗窃的官司"，说漏了嘴。

薛宝钗几乎没犯过这样的错，嘴巴牢得很，保密工作做得好。想跟人说事，也是一对一私下说。

有了这样的逻辑分析，我们就明白了，滴翠亭事件其实是一个误会。

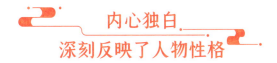

内心独白深刻反映了人物性格

直接描写人物内心活动，往往太直白，失去了小说的韵味。曹雪芹在小说里很少直接描述一个人的内心，而是通过讲述故事让读者去琢磨、去猜测、去感受。

但在必要的时候，描写内心活动，又能达到神奇的效果。

薛宝钗和小红在滴翠亭事件里，几乎是照镜子似的"斗法"。很有趣，很妙。

这样的聪明人斗法，心思复杂，如果不直接写出来，是没办法说清楚的。

薛宝钗的思索，只在电光火石之际。小红推窗的时间不过几秒，薛宝钗估计自己来不及躲，所以要使法子"金蝉脱壳"。

小红基于滴翠亭的地理位置，预估到这样很容易泄露隐私，所以才提出开窗。果然薛宝钗就在外面偷听。

薛宝钗在推断小红的心思，小红也在揣测薛宝钗的心思。

然而，薛宝钗看小红刁钻古怪，小红看薛宝钗却是"还倒罢了"。在这一点上，小红显然低估了薛宝钗。薛宝钗并不是罢了装糊涂，而是要嫁祸他人，彻底撇清。

只要不危及薛宝钗的切身利益，她就是个君子。她每次帮别人，可都是真金白银拿出去的。

但她极少吃闷亏，贾宝玉讽刺她像杨妃体丰怯热，立刻被她怼回去：她可没有像杨妃当皇妃，她的兄弟杨国忠跟着沾光。这是直接讽刺元春入宫当皇妃了，才有贾宝玉这个国舅爷。薛宝钗这是在批评贾宝玉靠着裙带关系，沾光了。

从薛宝钗面对小红时的内心独白，再结合薛宝钗怼贾宝玉的表现，我们会发现薛宝钗这个人，完全不像她表面上装出来的贤惠。薛宝钗刚来贾府的时候，曹雪芹在小说里说薛宝钗"品格端方"，也就是人品端庄大方得体的意思。但其实，薛宝钗在默默观察着贾府的生态环境，掌握了贾宝玉每个丫鬟的情况，随时随地准备做出反击，是个不能惹的人。薛宝钗的性格，并没有那么温柔，她真实的内心是比较无情的。

曹雪芹在刻画人物的时候，往往一开始在表面上充满了赞美，但实际上，在后面的叙述里，会通过一些小细节、小动作和内心独白揭示人物真实的性格。

《红楼梦》之所以伟大，就在于所写之人都是活生生的，有私心，有公义，有慈悲，有奸猾，有深情，也有算计……薛宝钗不是圣人，是个真正的活人。

妙笔话考点

薛宝钗是不会损人不利己的，但她是可以损人利己的，也是可以损己利人的。换而言之，这世界上没有赤诚天真，不损人，也不利己，完全利他，毫无心机的君子。

塑造人物要写人物的多个面。薛宝钗是个复杂的主角，端庄博爱，仁德大度，帮助他人，充满算计。她平时成熟稳重，然而毕竟只有十几岁，没人时也会露出少女情怀。这样写出的人，才是丰富立体的。

诗句芬芳 锦心绣口

篱畔秋酣一觉清，和云伴月不分明。——林黛玉《菊梦》（《红楼梦》第三十八回）

和云伴月：菊花在梦中伴随云月飘然高举。不分明：指菊花梦中迷离恍惚的世界。

背面敷粉，写出一个闪闪发光的贾宝玉

《红楼梦》里有个常用的写作手法——背面敷粉。所谓敷粉，就是在脸上打粉，使人显得更加白净美丽。

曹雪芹所在的曹家，是江南大家族，家里有人担任江宁织造，曾经接圣驾四次。在这样的一个富贵之家，看戏听戏，是家常便饭。要知道，在古代，请得起戏班子唱戏，是有钱人的象征。

在《红楼梦》里，常常有酒席，有戏曲表演。贾府里的小姐元春当了皇妃，大观园为了接待元春省亲，专门养了个戏班子。在古代，最常涂脂抹粉的群体一是女子，二是戏子（优伶）。只要在戏台上，不分男女，都要化妆敷粉。

戏曲里的人物正脸都是抹粉，那背面是怎么上粉的呢？

原来背面敷粉，是从绘画中挪用而来的——它是中国古人绘画的一种手法。中国画一般在纸或绢布上作，在绘画过程中，会在纸或者绢布的背面涂上一层铅粉，用来衬托正面的颜料，使画面更加鲜明清晰。

引申到文学创作里，就是不从正面渲染事物，而是从反面去描

写，衬托事物的特征。这种手法，能够把人物和故事情景刻画得更加鲜明生动。

清代文学研究者刘熙载在《艺概》中解释："正面不写写反面，本面不写写对面、旁面，须知睹影知竿乃妙。"

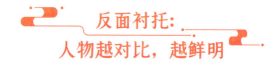

反面衬托：
人物越对比，越鲜明

原文采撷

第二十四回 探春便说："那些小丫头子们原是些顽意儿，喜欢呢，和他说说笑笑；不喜欢便可以不理他。便他不好了，也如同猫儿狗儿抓咬了一下子，可恕就恕，不恕时也只该叫了管家媳妇们去说给他去责罚，何苦自己不尊重，大吆小喝失了体统。你瞧周姨娘，怎不见人欺他，他也不寻人去。

《红楼梦》里贾政有两个姜室，一位是探春、贾环的母亲赵姨娘，还有一位是周姨娘。全书只有寥寥几笔提到周姨娘，都是通过他人之口。在第五十五回中，赵姨娘希望女儿探春徇私，把给她去世的舅舅赵国基的礼钱翻一倍，从二十两银子改成四十两银子。但这样就会破坏规矩，探春会失去公信力，没法继续管家。

探春气恼急了，批评指责自己的亲妈赵姨娘，"每每生事，几次寒心"。王夫人让她管理家务,是她努力争取到的信任,赵姨娘却"先来作践"她,专门搞破坏。这才有了第六十六回中,探春拿周姨娘举例的话。

赵姨娘和周姨娘都是贾政的妾室,身份地位一模一样,口碑、人品却相差巨大。但我们正是从这些细节,发现周姨娘是个安分守己的老实人,性格隐忍;也是一个聪明人,知道如何在钩心斗角的大家族里低调生存。周姨娘不惹事,不挑事,也不会像赵姨娘那样,被人当枪使。

赵姨娘的昏聩愚昧、尖酸刻薄、泼辣无脑,反衬出了周姨娘的品性。赵姨娘撒泼打滚,闹得越凶狠,我们就越能觉察出周姨娘的谦卑本分。

周姨娘只是一个很小很小的配角,我们再来看看一个次要的角色。

原文采撷

第二十四回　　卜世仁道:"我的儿,舅舅要有,还不是该的。我天天和你舅母说,只愁你没算计儿。你但凡立的起来,到你大房里,就是他们爷儿们见不着,便下个气,和他们的管家或者管事的人们嬉和嬉和,也弄个事儿管管。前日我出城去,撞见了你们三房里的老四,骑着大叫驴,带着五辆车,有四五十和尚道士,往家庙去了。他那不亏能干的,就有这样的好事儿到他手里了!"贾芸听他韶刀的不堪,便起身告辞。

从卜世仁（谐音"不是人"）的话里，我们看到了外人眼里的贾府是多么富贵显赫，让人艳羡不已。

这个老四贾芹，还只是贾府里后街上住的三房周氏家的老四，与集万千宠爱于一身的贾宝玉，还差老远。这就已经让底层小人物卜世仁看得流口水，还拿来举例子，讽刺嫌弃贾芸没出息，不知道拍马屁攀附贾琏、王熙凤。

这段话从反面写出了贾芹的骄奢淫逸，一有钱了，就得意扬扬，作威作福，把贾家纨绔子弟的形象表现得活灵活现。

反面衬托：
表面上贬低，实质上赞美

🖊原文采撷

第三回　　王夫人因说："你舅舅今日斋戒去了，再见罢。只是有一句话嘱咐你：你三个姊妹倒都极好，以后一处念书认字学针线，或是偶一顽笑，都有尽让的。但我不放心的最是一件：我有一个孽根祸胎，是家里的'混世魔王'，今日因庙里还愿去了，尚未回来，晚间你看见便知了。你只以后不要睬他，你这些姊妹都不敢沾惹他的。"

黛玉亦常听得母亲说过，二舅母生的有个表兄，乃衔玉而诞，顽劣异常，极恶读书，最喜在内帏厮混；外祖母又极溺爱，无人敢管。

……

看其外貌最是极好，却难知其底细。后人有《西江月》二词，批宝玉极恰，其词曰：

> 无故寻愁觅恨，有时似傻如狂。纵然生得好皮囊，腹内原来草莽。潦倒不通世务，愚顽怕读文章。行为偏僻性乖张，那管世人诽谤！

> 富贵不知乐业，贫穷难耐凄凉。可怜辜负好韶光，于国于家无望。天下无能第一，古今不肖无双。寄言纨袴与膏粱：莫效此儿形状！

在林黛玉初次进贾府，见到贾宝玉之前，王夫人就给林黛玉打了预防针：你那个表哥贾宝玉是个混世魔王。就连林黛玉的母亲贾敏，也是类似的说法。小说中所用的形容词，都是负面糟糕的：孽根祸胎、顽劣异常。

那《西江月》更是对贾宝玉贬斥到底：无能第一，不肖无双。说得极其夸张。

这都是从反面来写贾宝玉。明贬，暗褒。如果贾宝玉真的除了皮囊好外，一无是处，作者又何必耗尽心血写这个人物呢？而且，这样的一个男孩子，居然还是小说里的第一男主角。

所以读者心里就明白了，作者在用背面敷粉的手法反衬贾宝玉的超凡脱俗，与众不同。世俗不认可的方面，恰恰是贾宝玉最可贵的真性情。他以真情真意去爱人，他超越时代，特别尊重爱惜女孩子。

正是这种被世人误会，被世俗嫌弃的个性，令贾宝玉闪闪发光。

当我们想在自己的文章中写好一个人物时，就把"背面敷粉"这招用起来吧。通过反面来描述人物的方法，可以起到深刻鲜明的反衬效果。

妙笔话考点

曹雪芹的伟大技艺，就是正话反说。想要赞美的人物，反着写；想要揭发批评的人物，故意去赞美。这种笔法，有着强烈的艺术效果。正所谓欲扬先抑，想把一个人写得闪闪发光，先从世人对他的误解抹黑写起，最后使读者恍然大悟：贾宝玉明明是个可爱、独特、高级的男孩。开始贬得越低，贾宝玉后面的表现越让人觉得惊喜。

诗句芬芳 锦心绣口

霜清纸帐来新梦，圃冷斜阳忆旧游。——史湘云《供菊》（《红楼梦》第三十八回）

霜清：指秋天，秋日有霜。**纸帐**：明代高濂《遵生八笺》，

"纸帐,用藤皮茧纸缠于木上,以索缠紧,勒作绉纹;不用糊,以线拆缝之;顶不用纸,以稀布为之,取其透气;或画以梅花,或画以蝴蝶,自是分外清致。"全句意谓,因室中供菊,使得清秋季节纸帐中睡觉也出现别具新意的梦境。

烘云托月，看到那个端庄的薛宝钗

用烘托
突出薛宝钗的个性

烘云托月，原是国画的一种技法，用渲染云彩的手法来衬托月亮。也就是说，不是直接用线条去生硬地勾勒出月亮，而是用水墨云彩堆砌出月亮的轮廓，这种没有线条的月亮反而显得更加圆和明亮。

这种技法运用到文学作品中，就是通过描写别的人或事物来衬托所要表现的人或事物，使所要表现的人或事物更加突出。

对于元代戏曲作品王实甫的《西厢记》第一折，明末清初著名评论家金圣叹批道："而先写张生者，所谓画家烘云托月之秘法。"

金圣叹还在评《西厢记》时说："欲画月也，月不可画，因而画云。画云者，意不在云也。意不在云者，意固在于月也。然而意必在于云焉。"

原文采撷

第四十回　　贾母这边说声"请"，刘姥姥便站起身来，高声说道："老刘，老刘，食量大似牛，吃一个老母猪不抬头。"自己却鼓着腮不语。

众人先是发怔，后来一听，上上下下都哈哈的大笑起来。史湘云撑不住，一口饭都喷了出来；林黛玉笑岔了气，伏着桌子叫"嗳哟"；宝玉早滚到贾母怀里，贾母笑的搂着宝玉叫"心肝"；王夫人笑的用手指着凤姐儿，只说不出话来；薛姨妈也撑不住，口里茶喷了探春一裙子；探春手里的饭碗都合在迎春身上；惜春离了坐位，拉着他奶母叫揉一揉肠子。地下的无一个不弯腰屈背，也有躲出去蹲着笑去的，也有忍着笑上来替他姊妹换衣裳的，独有凤姐鸳鸯二人撑着，还只管让刘姥姥。

《红楼梦》里一直写薛宝钗是一个端庄的人。如何端庄呢？很难正面描述清楚。通过这一回的描写，我们就发现，薛宝钗真的很端庄。

宝玉滚到祖母怀里，史湘云、薛姨妈喷茶，林黛玉笑岔气，王夫人笑得说不出话，探春笑得东倒西歪、自己的茶碗合在姐姐迎春身上，惜春笑得肚子疼了，凤姐、鸳鸯强忍着，因为是她们两个策划的这场饭局逗乐好戏。

小说里唯独没有写薛宝钗是什么反应。要知道，薛宝钗是当之无愧的女主角，在金陵十二钗的判词册子里，与林黛玉共一个页面，黛钗合一。从这一侧面可以看出，大家闺秀、贤德端庄的薛宝钗，控制住了自己。她当然也很想笑，但她能够把持住，这就是薛宝钗最厉害的地方。第四十回的事情，作者到第四十二回，神来一笔，写了薛宝钗的反应。

🔖 原文采撷

第四十二回　黛玉笑道："都是老太太昨儿一句话，又叫他画什么园子图儿，惹得他乐得告假了。"探春笑道："也别要怪老太太，都是刘姥姥一句话。"林黛玉忙笑道："可是呢，都是他一句话。他是那一门子的姥姥，直叫他是个'母蝗虫'就是了。"说着大家都笑起来。宝钗笑道："世上的话，到了凤丫头嘴里也就尽了。幸而凤丫头不认得字，不大通，不过一概是市俗取笑。更有颦儿这促狭嘴，他用'春秋'的法子，将市俗的粗话，撮其要，删其繁，再加润色比方出来，一句是一句。这'母蝗虫'三字，把昨儿那些形景都现出来了。亏他想的倒也快。"众人听了，都笑道："你这一注解，也就不在他两个以下。"

薛宝钗对刘姥姥的印象极为深刻，但她没有林黛玉那么伶牙俐齿。林黛玉笑话刘姥姥是"母蝗虫"，薛宝钗夸奖林黛玉描述得精确，特别妙。

薛宝钗在心里哈哈大笑，但大家看不到她大笑的样子。这种"不写之写"前后呼应，令人回味无穷。

难以直接描写的事物就用不写之写

不仅仅是《红楼梦》，很多文学作品都使用了这一手法。

美女的美，往往很难用文字具体呈现出来。汉代乐府诗《陌上桑》，讲的是一个美丽女子罗敷的故事。诗歌先写了罗敷的穿衣打扮，"头上倭堕髻，耳中明月珠。缃绮为下裙，紫绮为上襦"，却没有写她具体长什么样子。

诗歌的作者不直接写罗敷的面容，而是写"行者见罗敷，下担捋髭须。少年见罗敷，脱帽著帩头。耕者忘其犁，锄者忘其锄。来归相怨怒，但坐观罗敷。使君从南来，五马立踟蹰。使君遣吏往，问是谁家姝？"

"行者""少年""耕者"和"锄者"，都被罗敷的美貌震撼了，停步观望打量，为之失魂落魄。使君更是对其一见钟情，派人去打听这是谁家的女孩子，想要追求她。

作者对罗敷的五官面貌都没有提，而是从旁观者的视角，用别人的眼睛，描述罗敷美得无与伦比。

这种描写手法留出了想象空间，使人脑海里浮现出一个美若天仙的女子的模样。

妙笔话考点

宋代画院常常出一些诗歌来考验画家，宋徽宗曾出题"野水无人渡，孤舟尽日横"。别人要么画一只空船，要么在船篷上画一只立着的乌鸦。而画家宋子房画的是，船夫躺在船尾，独自吹着笛子，获得了第一名。没有乘客要渡河，船夫自然特别空闲、特别孤独，只能闲卧，用吹笛排遣心中的寂寞。

我们读《红楼梦》时要特别注意里面的群戏。一群人在一起吃喝玩乐的时候，不同的人说不同的话，有不同的反应，最能体现人物的性格特征。我们在写作中，写单个人，要靠旁人的衬托；写群体，要靠大家的衬托。写出来的很重要，但那些隐藏在背后，没有写出来的东西，更加重要。

诗句芬芳 锦心绣口

松影一庭惟见鹤，梨花满地不闻莺。——贾宝玉《冬夜即事》
（《红楼梦》第二十三回）

梨花：喻雪。

一击两鸣，性价比最高的写法

把个体放在大环境中

原文采撷

第三回　这熙凤携着黛玉的手，上下细细打谅了一回，仍送至贾母身边坐下，因笑道："天下真有这样标致的人物，我今儿才算见了！况且这通身的气派，竟不像老祖宗的外孙女儿，竟是个嫡亲的孙女，怨不得老祖宗天天口头心头一时不忘。只可怜我这妹妹这样命苦，怎么姑妈偏就去世了！"说着，便用帕拭泪。贾母笑道："我才好了，你倒来招我。你妹妹远路才来，身子又弱，也才劝住了，快再休提前话。"

第五回　如今且说林黛玉自在荣府以来，贾母万般怜爱，寝食起居，一如宝玉，迎春、探春、惜春三个亲孙女倒且靠后。

在脂砚斋评点《红楼梦》版本里，脂砚斋在第五回的点评中提到了一击两鸣法，赞美曹雪芹的写作手法妙极。具体指的是，贾母怜爱黛玉，寝食起居，一如宝玉。

"一击两鸣"这种写作手法，也叫作"空谷传声""一击空谷、八方皆应"等，是指作者通过描写一人一事，甚至寥寥几句话，就能反映几个人和许多事情。

我们都知道，贾宝玉是贾母的心肝宝贝，老人家对他简直到了溺爱的程度。贾母用对待宝玉的态度来对待黛玉，可想而知，林黛玉多么受宠。毕竟贾母就贾敏一个女儿，林黛玉是她女儿的女儿，是血缘至亲。并且，作者还补充了一句："迎春、探春、惜春三个亲孙女倒且靠后。"

在第三回黛玉初入贾府的时候，王熙凤也有过这样一番说法。跟贾母的态度，完全对应上了。其实这也充分说明，王熙凤多么了解贾母，多么善于察言观色，知道怎么讨好贾母。贾母重视的人，王熙凤就会另眼相待，格外重视。

伟大的哲学家、思想家马克思就认为：人是一切社会关系的总和。我们想写好一个人，通过这个人反映许许多多的方面，就必须把个体放在大环境中。

把林黛玉放在这些社会关系当中，一下子把其他人的地位也写出来了。亲孙女们靠边站，不如林黛玉受宠。林黛玉和贾宝玉同等待遇，而贾宝玉是贾母的心肝宝贝，享受贾府最好的待遇，吃穿用度一等一。光是贾宝玉一个人，使唤的贴身丫鬟就有七八个，还有奶妈和很多男仆、老婆子、书童，以及二门外面见不到的烧火、烧水的低等丫鬟。

单独说贾母疼爱外孙女林黛玉，我们不知道程度有多深。要是跟亲孙子贾宝玉比一比，再跟亲孙女比一比，我们就看出来了。

这样写小说，性价比特别高，即用最少的文字，写出最多的信息。

人物与人物产生联系，有相似之处

原文采撷

第七回　说着，周瑞家的拿了匣子，走出房门，见金钏仍在那里晒日阳儿。周瑞家的因问他道："那香菱小丫头子，可就是常说临上京时买的、为他打人命官司的那个小丫头子么？"金钏儿道："可不就是他。"正说着，只见香菱笑嘻嘻的走来。周瑞家的便拉了他的手，细细的看了一会，因向金钏儿笑道："倒好个模样儿，竟有些像咱们东府里蓉大奶奶的品格儿。"金钏儿笑道："我也是这们说呢。"周瑞家的又问香菱："你几岁投身到这里？"又问："你父母今在何处？今年十几岁了？本处是那里人？"香菱听问，都摇头说："不记得了。"周瑞家的和金钏儿听了，倒反为叹息伤感一回。

在这一回里，脂砚斋点评道："一击两鸣法，二人之美，并可知矣。再忽然想到秦可卿，何玄幻之极。假使说像荣府中所有之人，则死板之至。"

周瑞家的说香菱的容貌、体态，非常像宁国府的秦可卿。我们都知道，在小说里秦可卿是被直接赞叹过相貌突出的。那么我们就知道了，香菱也袅娜纤巧，品格优秀。一句话提到了两个人，让人产生许许多多的联想。香菱是个苦命的女孩子，原名甄英莲，本来出身富裕家庭，是一家人的掌上明珠。结果小英莲被拐子给拐走了，成了"孤儿"。

后来香菱又被卖给了薛蟠当小妾，薛蟠为了香菱打死过人，得到了香菱后，又完全不把她当成一回事。薛蟠这个呆霸王欺男霸女，祸害了一个如花似玉的好女孩。

秦可卿同样很可怜，也是个孤儿，是从养生堂抱回来的女孩子。她在贾家努力做人做事，全家老少都对她赞不绝口，连贾母都非常欣赏这个重孙媳妇。结果，秦可卿年纪轻轻就病死了。香菱后来的下场，也多半是悲惨的。

一击两鸣，由此及彼，用最简略精练的文字，表达最丰富深沉的寓意。从一个近处的人物，突然联系到远处的人物。两者有相似之处，彼此对照，意味深长。

两个女孩子的模样品格相似，命运也相似。作者只通过一句话，就激发了读者对两个女孩命运无穷的感慨，让读者联想起许多与她们有关的情节，并思考这些情节所讽刺的险恶世道。这如同在山谷里拍手，声音在四面八方回荡。

我们可以说这是性价比最高的写作手法。

妙笔话考点

我给大家提炼概括一下，一击两鸣用通俗的话讲就是，写甲的时候，顺便提到乙；合并同类项，把几件事情一起写了。

在《红楼梦》第七十四回中，王夫人打算清理贾宝玉的丫鬟们，对凤姐说起晴雯，"有一个水蛇腰、削肩膀、眉眼又有些像你林妹妹"。这句话说明晴雯和林黛玉，长相相似。既然王夫人讨厌晴雯这种女孩，那么我们就明白了，她也不喜欢林黛玉那种外貌风格的女孩。写王夫人讨厌这类女孩子，我们就知道了，那个唱戏的龄官，王夫人肯定也不喜欢，于是默认唱戏的女孩子必定就是狐狸精了，也就赶走的赶走，变卖的变卖，下狠手处置她们。

诗句芬芳 锦心绣口

琥珀杯倾荷露滑，玻璃槛纳柳风凉。——贾宝玉《夏夜即事》（《红楼梦》第二十三回）

琥珀：黄褐色透明松脂化石，可做器皿饰物。荷露：指酒，以花露为名。滑：酒味醇美。玻璃：一种石英类透明晶体，不同于今之玻璃。这里的"荷露""柳风"都是夏天实景，可以引起荷翻露珠似倾杯，垂柳成行如栏杆的联想。

第三章
红楼梦给我们的阅读启示

鸿篇巨制的读法

每次读书
只需集中注意一个问题

《红楼梦》毫无疑问是一部鸿篇巨制。哪怕是去掉后面续书四十回的内容，前八十回也有几十万字。像这样的大部头文学经典，我们应该如何阅读，才能事半功倍呢？

针对厚重的、字数多的小说，就需要用到专业的阅读方法——"八面受敌"的读法。

苏东坡在《又答王庠书》里总结过这种读书方法："书富如入海，百货皆有之，人之精力，不能兼收尽取，但得其所欲求者耳。故愿学者，每次作一意求之。如欲求古人兴亡治乱圣贤作用，但作此意求之，勿生余念。又别作一次求事迹故实典章文物之类，亦如之。他皆仿此。此虽迂钝，而他日学成，八面受敌，与涉猎者不可同日而语也。"

苏轼借用《孙子兵法》中的军事术语来形容读书，即读书如用兵，要做到各个击破。如果八面受敌，不应八面出击，而要集中优势兵力，击敌于一面，以众击寡，一次搞定一个目标。

生有涯，而知无涯。一个人的精力是有限的，不可能将所有的书都读一遍，只能研读自己需要的部分。所以每次读书，只需集中一个问题，带着目的去读书。

从本质上讲，这就是读书的"统筹学"，集中精力去攻读书中的一个主题。你好奇什么，就去研究什么，然后寻找专门的行业书籍，全面掌握这类行当的情况，读懂《红楼梦》里的这类知识。

比如我对美食很感兴趣，就查找了大量关于饮食研究的文献资料，从宋代到明清，从包括民间美食的《东京梦华录》到明清宫廷菜菜谱，最后再看《红楼梦》，就对其中那道大名鼎鼎的茄鲞，有了新的看法。

《红楼梦》问世以来，流传着多种版本。茄鲞这道菜，在不同版本中还不一样。

📖 原文采撷

第四十一回　　凤姐笑道："这也不难。你把四五月里的新茄包儿摘下来，把皮和穰子去尽，只要净肉，切成头发细的丝儿。晒干了，拿一只肥母鸡靠出老汤来，把这茄子丝上蒸笼蒸的鸡汤入了味，再拿出来晒干。如此九蒸九晒，必定晒脆了，盛在

磁罐子里封严了，要吃时拿出一碟子来，用炒的鸡瓜子一拌就是了。"（戚蓼生序本）

这个是凉拌茄子干的做法。我有一次去参加一个安徽的饭局，是一个仿造《红楼梦》食谱的宴席，其中的那道茄子，做的就是凉拌口味，并不惊艳。

这个做法主要是吃老母鸡汤的味道，茄子相当于一个载体，是用来吸收汤汁的。九蒸九晒说得也比较夸张，无非是强调浓缩了又浓缩，有点提炼鸡精的意思，目的还是制造很鲜的鲜味。将茄子晒干后当配菜，本质上就是鸡腿肉拌茄子丝。

原文采撷

第四十一回　　凤姐儿笑道："这也不难。你把才下来的茄子把皮籤了，只要净肉，切成碎钉子，用鸡油炸了，再用鸡脯子肉并香菌、新笋、蘑菇、五香腐干、各色干果子俱切成钉子，用鸡汤煨了，将香油一收，外加糟油一拌，盛在磁罐子里封严，要吃时拿出来，用炒的鸡瓜一拌就是。"（庚辰本）

大家都熟悉的是庚辰本的做法。

据说有人照做，发现茄子这么又炸又炒又煨的，最后变成糜烂状，加工过度，哪里还有口感可言？这令人疑惑。

回过头看书里写的，我琢磨了一下"再用"这个说法，其实也可以理解成分开制作配菜。

鸡油炸茄子丁做好了，先放一边备用，这是第一个步骤。

第二个步骤，后面的鸡胸肉和菌菇香干什么的，用鸡汤煨了，将香油一收。

第三个步骤，将茄子丁和这些杂七杂八的碎丁，一起用糟油搅拌，封存好。吃的时候用炒的鸡瓜子再搭配。

这个炒的鸡瓜子，指的是鸡腿瓜子肉，不是指鸡爪。这是一种江南方言的叫法。

也就是说，这道菜并不浪费鸡。刘姥姥外行了，以为要拿十几只鸡来做。其实富贵人家做菜反而精明，小巧而物尽其用，制作这道茄鲞，鸡胸肉、鸡腿肉、鸡油、鸡汤都利用上了，根本没浪费什么材料。两三只鸡足矣，正所谓越有钱越算计。

按这个步骤来做，又有茄子的软嫩口感，又有鸡肉的嚼劲，又有鸡油的荤香，还有菌菇和五香豆腐干，如此，菜的味道就如同放了味精，富含游离的氨基酸和呈味核苷酸，增加鲜美味道。

干果子丁是清甜的，相当于加糖调味提鲜，丰富味觉层次，而且有果香。糟油就是陈年酒糟的汁水，和芝麻香油联手，自然是香上加香。

我的结论是：这道菜基本上把古人追求的鲜香，做到了极致。富贵人家的精致菜都是素菜荤做，而这算是素菜荤做的味觉巅峰。

对于刘姥姥来说，尝一口惊为天人，那是肯定的。

对于公子、小姐、太太们来说，早就习以为常了，甚至太腻了。

大观园里的姐姐妹妹奶奶们，看着刘姥姥吃得香甜，自己反而没什么热情。尤其是贾母那生动的一副表情，就是皱眉嫌弃食物油腻腻的。

顺藤摸瓜：
从泛泛而读，到学问专精

原文采撷

第六十二回　宝玉便说："雅坐无趣，须要行令才好。"众人有的说行这个令好，那个又说行那个令好。黛玉道："依我说，拿了笔砚将各色全都写了，拈成阄儿，咱们抓出那个来，就是那个。"众人都道妙。即拿了一副笔砚花笺。香菱近日学了诗，又天天学写字，见了笔砚便图不得，连忙起座说："我写。"

大家想了一回，共得了十来个，念着，香菱一一的写了，搓成阄儿，掷在一个瓶中间。探春便命平儿拣，平儿向内搅了一搅，用箸拈了一个出来，打开看，上写着"射覆"二字。宝钗笑道："把个酒令的祖宗拈出来。'射覆'从古有的，如今失了传，这是后人纂的，比一切的令都难。这里头倒有一半是不会的，不如毁了，另拈一个雅俗共赏的。"探春笑道："既拈了出来，如何又毁。如今再拈一个，若是雅俗共赏的，便叫他们行去。咱们行这个。"说着又着袭人拈了一个，却是"拇战"。史湘云笑着说："这个简断爽利，合了我的脾气。我不行这个'射覆'，没的垂头丧气闷人，我只划拳去了。"探春道："惟有他乱令，宝姐姐快罚他一钟。"宝钗不容分说，便灌湘云一杯。

　　第六十三回　　宝玉因说："咱们也该行个令才好。"袭人道："斯文些的才好，别大呼小叫，惹人听见。二则我们不识字，可不要那些文的。"麝月笑道："拿骰子咱们抢红罢。"宝玉道："没趣，不好。咱们占花名儿好。"晴雯笑道："正是早已想弄这个顽意儿。"袭人道："这个顽意虽好，人少了没趣。"

　　这些公子小姐庆祝生日、聚会组饭局，光喝酒吃饭多没劲，还要玩游戏行酒令。

　　于是他们从游戏项目里选，分别有射覆、占花名、拇战（也就是划拳）、丢骰子等等。

　　不同的人性格不同，史湘云就喜欢简单爽快的划拳，胜负一把定，输了的人就喝酒。

　　射覆要考验文学知识的积累，还考验诗词歌赋的比兴联想，特别麻烦，就慢慢被大家抛弃了。

　　在这里推荐《中国老游艺说趣》，这本书专门讲中国古人的游戏玩乐。兰亭雅集、曲水流觞、行酒令、划拳、射覆、投壶、击鼓传花、斗鸡、斗蛐蛐、斗蜘蛛……只要是《红楼梦》里出现过的玩法，书里都作了研究考证。

读了这本书，《红楼梦》里贾宝玉、林黛玉、史湘云这些人玩的游戏，你就了如指掌了。同样的，如果你想了解中国的宫廷饮食，就去读专门记载皇帝吃什么的书。

每一个图书领域都有细分的类型，每个类型适合研究不同的主题。中国史之下，有中国弓箭史、中国园林史、中国雕塑史、中国插画史等；欧洲史之下，有欧洲情爱史、欧洲绘画史、欧洲建筑史等。

采用这样的读法，从泛泛而读，到专精一个方向，学问会更上一层楼。

妙笔话考点

一个思想简单、阅历简单的人，是不可能写出好作品的。《红楼梦》之所以伟大，在于包括社会生活的方方面面。大观园里的小姐公子，不只会读书写诗，还会喝酒行酒令，玩各种文雅的小游戏。这体现了贵族生活的奢华，也体现了人的精神需求。我们要写某一类人，需要先了解这类专业领域的背景知识。主角是工程师，就要理解建筑学；主角是律师，就要了解法学；主角是外交官，就要懂几门外语；主角是糕点师傅，那就要懂各种糕点的做法……如果不懂，就要查资料、做调查，直到搞懂为止。

诗句芬芳 锦心绣口

几处落红庭院，谁家香雪帘栊？江南江北一般同，偏是离人恨重！——薛宝琴《西江月》（《红楼梦》第七十回）

香雪帘栊：指沾满柳絮的门窗帘幕。香雪：喻柳絮。离人恨重：意味飘零的柳絮犹如漂泊的游人，身怀离愁别恨。

社交是更高级的"阅读"

参与社会实践
是重要的阅读之道

明代的大画家董其昌在《画旨》里说:"画家六法,一曰'气韵生动'。'气韵'不可学,此生而知之,自然天授。然亦有学得处,读万卷书,行万里路,胸中脱去尘浊,自然丘壑内营。成立郛郭,随手写去,皆为山水传神。"

读万卷书,行万里路,是天下人的共识。"行万里路"意思是说,到广阔的天地去见识大自然,去了解万物,去参与社会实践。

在《红楼梦》里,有一个类似的说法——"世事洞明皆学问,人情练达即文章"。

那我们怎样才能世事洞明呢?怎样才能人情练达呢?关起门来死读书肯定不行。

📖 原文采撷

第十五回　　水溶又道："只是一件，令郎如是资质，想老太夫人、夫人辈自然钟爱极矣；但吾辈后生，甚不宜钟溺，钟溺则未免荒失学业。昔小王曾蹈此辙，想令郎亦未必不如是也。若令郎在家难以用功，不妨常到寒第。小王虽不才，却多蒙海上众名士凡至都者，未有不另垂青目，是以寒第高人颇聚。令郎常去谈会谈会，则学问可以日进矣。"贾政忙躬身答应。

　　北静王直接挑明了一个十分高级的阅读法，那就是跟高人相聚，和高人会谈，学问就能更快地进步。读书的学问，最终要落实到"见天地，见众生，见自我"上。

　　古人早就说过："听君一席话，胜读十年书。"这个君，不是一般的人，而是学问高深、著书立说的人。

　　《红楼梦》的作者曹雪芹的祖父曹寅，主编过《全唐诗》，是大名鼎鼎的江南才子，举止风雅，打交道的全是文化名流，很多人都写出过重要的著作。

　　而一般人条件有限，只能通过读书与作者神交。

　　如何选择书籍？有两个便捷的方法：一是顺藤摸瓜法。找一本业内公认的好书，把书里提到的书和名家，快速过一遍。知识之树，就在脑海里树立起来了，根系脉络，主干枝叶，前因后果、来龙去脉一清二楚。就像很多中国现代作家都是跟着马尔克斯、博尔赫斯、卡夫卡等学的一样。

二是请教高手。看了某一行业的书，就跟这个行业的人多聊聊。书本和人对照是去伪存真的最好办法。

世界很大，我们的时间有限，应该站在巨人的肩膀上，登高望远。

有个小故事分享一下：

康德一辈子待在小地方埋头做学问。看看星空，仰头思索心中的道德律，按部就班地工作和回家，每天走的路径和出发时间都是固定的。

康德老师看起来不问世事，但实际上人家动不动就会开派对，邀请文化圈、知识界的各路人士聚会聊天。外地人常常拜访他，与之探讨问题，还与他有频繁的书信往来。康德长年累月靠这个办法与学术圈保持联系。

康德举办聚会时，就类似于北静王的王府，聚集了海内众名士，他们都是饱学之士，随便听哪位高人侃侃而谈，都会获益匪浅。

跟学问好的高人会谈才有价值

世间万物运行，无非信息交换，一个人要取他人经验作参考，加以判断后再实际运用，完成自己知识体系的更新换代，才能实现个人的进步。

古人说的行万里路，不只是闷头积累步数，而是到了某个地方，就跟当地的人多聊聊。

以活生生的例子来说明。清末的德龄公主是个中等官员的女儿，并不是真正的公主。她的父亲叫裕庚，曾任太仆寺少卿、驻西洋特使，算是地道的特权阶级。德龄幼年带着奴仆、丫鬟，在国外过着不错的生活。

当德龄想学舞蹈的时候，她就找到了邓肯。邓肯是美国著名的舞蹈家，也是现代舞的创始人，后来日渐走红，享誉世界。

邓肯日渐出名，给总统和宫廷贵族们表演，结识了一大批欧美的上流社会权贵名流，阅历丰富。有时邓肯会把这些讲给德龄听，或者直接带着德龄去参加舞会。

清朝灭亡后，德龄这种垮台王朝的贵族，光环黯然，但她凭着年轻时的经历，出回忆录，写伺候慈禧的经历，写跟名师邓肯的交往故事等，风靡一时，获得了美国的相关图书大奖。这种别人没有的履历和体验，极为珍贵。

聚会聊天，社会交际，也是一种"阅读"，而且是更高层次的阅读法。

妙笔话考点

　　古人非常乐于社交，比如李白、杜甫、王维、孟浩然、白居易、元稹，都是社交牛人。他们与友人动不动就携手同行，把酒唱和，谈诗论文，评判文章。大名鼎鼎的《滕王阁序》那两句"落霞与孤鹜齐飞，秋水共长天一色"，就是唐代诗人王勃在参加洪州牧阎伯屿的宴席时现场写的。在这种宴席聚会上，来的都是文人，大家秀出自己的才艺，彼此切磋，谁写得好，谁就出名了。

　　历史上最出名的文人社交聚会，莫过于宋代的西园雅集。苏东坡、黄庭坚、米芾、秦观等名流，在驸马都尉王诜府中作客聚会，有人吟诗赋词、有人弹琴唱和。在这场雅集上，画家李公麟获得灵感创作了《西园雅集图》，此图后来成为艺术珍品。大书法家米芾写下了优美的《西园雅集图记》，流传千古。

诗句芬芳 锦心绣口

　　白玉堂前春解舞，东风卷得均匀。——薛宝钗《临江仙》（《红楼梦》第七十回）

　　春解舞：春风吹得柳絮飞扬飘舞。均匀：指舞姿优美，均匀有度。

103

读懂打比喻的飞禽走兽

　　大学者钱钟书先生说："比喻正是文学语言的根本。"我们欣赏阅读《红楼梦》，无法忽略那些精彩绝伦的比喻。这部小说的语言如此充满魅力，鲜活生动，离不开那些活灵活现的比喻。

　　大自然里最常见的生命体，就是动物和植物。《红楼梦》里打比喻最常用到的对象，也是这两类。我在这一篇集中说一说动物。

　　这部小说里打比喻时主要提到的动物有狗、猴、鸡、猫、牛、狐狸、猪、狼、蚂蚁、蚊子、癞蛤蟆、豹、螳螂、鹤、大雁、蝗虫等。

　　人世间诸多比喻，最生动的莫过于拿动物打比喻。我们会发现，骂人最常拿狗打比喻，夸人最常拿猴子打比喻。文学是人学，人本来就是动物的一种。人类是由猴子进化来的，用猴子打比喻自然惟妙惟肖。

用来骂人的动物：
谄媚的狗、笨拙的牛、好斗的乌眼鸡

原文采撷

第六十一回　"……前儿小燕来，说'晴雯姐姐要吃芦蒿'，你怎么忙的还问肉炒鸡炒？小燕说'荤的因不好才另叫你炒个面筋的，少搁油才好'。你忙的倒说'自己发昏'，赶着洗手炒了，狗颠儿似的亲捧了去。今儿反倒拿我作筏子，说我给众人听。"

狗这种动物最显著的行为特点就是热情。狗看到主人，会特别兴奋激动，飞奔扑向主人，拼命摇尾乞怜。在这个过程中，狗屁股往往颠动得厉害。莲儿就用"狗颠儿"形容小厨房的柳嫂子的谄媚殷勤。

原文采撷

第六十五回　尤三姐站在炕上，指贾琏笑道："……倘若有一点叫人过不去，我有本事先把你两个的牛黄狗宝掏了出来，再和那泼妇拼了这命，也不算是尤三姑奶奶！喝酒怕什么，咱们就喝！"

牛黄是牛的胆结石，狗宝是狗腹中的结石。人的身上当然不会有牛黄狗宝，尤三姐这是在骂人，骂贾琏兄弟是畜生，坏透了心。

第三十七回，秋纹说起宝玉折了两枝桂花，让她送去，贾母给了钱，王夫人给了衣服。秋纹得了赏赐的衣服很高兴，回到屋里，晴雯骂她没出息，别人挑剩的给她，她还得意扬扬。秋纹笑道："那怕给这屋里的狗剩下的，我只领太太的恩典，也不犯管别的事。"晴雯和众人听后笑道："骂得巧，可不是给了那西洋花点子哈巴儿了。"

晴雯和这些丫鬟，说的就是袭人。袭人服侍宝玉殷勤小心，工作认真，获得了王夫人的青睐。王夫人默许袭人当贾宝玉的小妾，给袭人涨工资加薪。这引发了其他丫鬟的嫉妒。趁这个机会，众人便拿袭人开涮。西洋花点子哈巴狗小巧可爱，比一般的狗更加谄媚，众人这里用它来讽刺袭人听话。

第六十回中，芳官欺骗贾环，用茉莉粉替换蔷薇硝，赵姨娘让贾环去找芳官算账，说："有好的给你！谁叫你要去了，怎怨他们要你！依我，拿了去照脸摔给他去，趁着这回子撞尸的撞尸去了，挺床的便挺床，吵一出子，大家别心净，也算是报报仇。……宝玉是哥哥，不敢冲撞他罢了。难道他屋里的猫儿狗儿，也不敢去问问不成！"

说贾宝玉屋里的丫鬟们是猫儿狗儿，其实是赵姨娘瞧不起她们的意思。猫、狗都是畜生，赵姨娘是在骂人。

原文采撷

第四十一回　　当下刘姥姥听见这般音乐，且又有了酒，越发喜的手舞足蹈起来。宝玉因下席过来向黛玉笑道："你瞧刘姥姥的样子。"黛玉笑道:"当日圣乐一奏,百兽率舞,如今才一牛耳。"众姐妹都笑了。

刘姥姥在宴席上,美酒灌下肚子,喝醉了,音乐响起,就不禁手舞足蹈起来,样子很丑陋滑稽,就被林黛玉讽刺了。林黛玉说她像牛一样。牛体态臃肿,很是笨重,跳起舞来自然格外笨拙,不会优美好看。

何况刘姥姥姓刘,年纪也很大了,自称"老刘",刚好谐音"老牛"。

原文采撷

第七十五回 探春冷笑道:"正是呢,有叫人撵的,不如我先撵。亲戚们好,也不在必要死住着才好。咱们倒是一家子亲骨肉呢,一个个不像乌眼鸡似的,恨不得你吃了我,我吃了你!"

乌眼鸡是一种好斗的动物。这里形容贾府里的人为了争权夺利,彼此斗得你死我活。

第五回里,金陵十二钗正册和副册出现大量人物命运的判词。其中迎春的判词是:"子系中山狼,得志便猖狂。金闺花柳质,一载赴黄粱。"

迎春嫁给了孙绍祖,小说里介绍他"祖上系军官出身,乃当日宁荣府中之门生,算来亦系世交。现袭指挥之职,此人名唤孙绍祖,生得相貌魁梧，体格健壮，弓马娴熟，应酬权变，年纪未满三十，且又家资饶富，现在兵部候缺题升"。

孙绍祖的祖先沾了贾府的光，但孙绍祖骄奢淫逸，不仅不报恩，还家暴妻子迎春。中山狼就是东郭先生的故事。善良的东郭先生，在中山国（今河北定县一带）救了一只被追捕还中了箭的狼。而狼脱险后，却要吃掉东郭先生。后来人们将忘恩负义的人比喻成中山狼。

《红楼梦》中关于巧姐儿的判词"狼舅奸兄"，也是说她的舅舅是坏人，如同恶狼一样。

用来夸奖赞美人的动物：灵动精明的猴子、聪慧活泼的兔子

原文采撷

第二十二回　　凤姐凑趣笑道："一个老祖宗给孩子们作生日，不拘怎样，谁还敢争，又办什么酒戏。既高兴要热闹，就说不得自己花上几两。巴巴的找出这霉烂的二十两银子来作东道，这意思还叫我赔上。果然拿不出来也罢了，金的、银的、圆的、扁的，压塌了箱子底，只是勒掯我们。举眼看看，谁不是儿女？难道将来只有宝兄弟顶了你老人家上五台山不成？那些梯己只留与他，我们如今虽不配使，也别苦了我们。这个够酒的？够戏的？"说的满屋里都笑起来。贾母亦笑道："你们听听这嘴！

我也算会说的，怎么说不过这猴儿。……"

第二十九回　　贾母回头道："猴儿猴儿，你不怕下割舌头地狱！"

第三十五回　　贾母听了，笑道："猴儿，把你乖的！拿着官中的钱你做人。"

老太太每一次被王熙凤逗得哈哈大笑的时候，都会忍不住说王熙凤是猴儿。

在第十四回中，凤姐协理秦可卿的丧事，宝玉和秦钟去看望凤姐，宝玉求凤姐赶快派人去做书房。凤姐笑道："便是他们作，也得要东西，搁不住我不给对牌是难的。"宝玉听了凤姐这么说，便猴向凤姐身上立刻要牌。

这个"猴"字用得特别形象生动。把贾宝玉撒娇、腻歪的性格，描绘得淋漓尽致。这个比喻还用到了另外一个修辞手法：词类活用，即名词当动词用。

原文采撷

第七十三回　　这里正说话，忽见平儿进来。宝琴拍手笑说道："三姐姐敢是有驱神召将的符术？"黛玉笑道："这倒不是道家玄术，倒是用兵最精的，所谓'守如处女，脱如狡兔'，出其不备之妙策也。"

　　林黛玉提到了狡猾的兔子，是形容探春聪明敏捷，像灵活迅捷的兔子一样，知道怎么出其不意。

　　第七十三回"懦小姐不问累金凤"这一节故事中，林黛玉通过细微观察，说探春是"用兵最精的"，并用《孙子·九地》中的"始如处女""后如脱兔"评价探春的做事干练和不动声色。

🖊 原文采撷

第四十九回　　湘云笑道："你们瞧我里头打扮的。"一面说，一面脱了褂子。只见他里头穿着一件半新的靠色三镶领袖秋香色盘金五色绣龙窄褃小袖掩衿银鼠短袄，里面短短的一件水红装缎狐肷褶子，腰里紧紧束着一条蝴蝶结子长穗五色宫绦，脚下也穿着麂皮小靴，越显的蜂腰猿臂、鹤势螂形。

　　"蜂腰猿臂、鹤势螂形"，这里提到了四种动物。蜜蜂的腰很细，猿猴的臂很长，形容史湘云腰细臂长，有女性之美。仙鹤腿部修长，姿势飘逸；螳螂细腰，灵巧轻盈，也是形容史湘云身材比例好，高挑修长。

　　了解了这些动物的特点，就会看明白这些比喻，懂得小说里对史湘云的赞美。穿着男装的史湘云，英姿勃勃又俊俏，身材修长，亭亭玉立。

生活中形容男人威武的样子，就会用虎背熊腰，因为虎的背和熊的腰都非常厚实粗壮。

形容人，用动物打比喻特别生动具体。

将丰富多彩的人物特质
比喻成各种各样的动物

原文采撷

第四十二回　　探春笑道："也别要怪老太太，都是刘姥姥一句话。"林黛玉忙笑道："可是呢，都是他一句话。他是那一门子的姥姥，直叫他是个'母蝗虫'就是了。"说着大家都笑起来。

刘姥姥大吃大喝，和蝗虫有相似的地方。蝗虫是一种破坏性很强的昆虫，会造成严重灾害。在古代，蝗虫成片飞过稻田、麦田，会大吃大嚼，使农民颗粒无收，欲哭无泪。小说里，林黛玉笑话刘姥姥是母蝗虫，是说她特别能吃能喝。

原文采撷

第三十九回　　那茗烟去后，宝玉左等也不来，右等也不来，急的热锅上的蚂蚁一般。

平时贾宝玉神采飞扬，潇洒漂亮，是个贵公子，从容不迫，但此刻却紧张起来。贾宝玉慌慌张张，心急如焚，像热锅上的蚂蚁，可见其内心的焦急烦躁。

原文采撷

第六十八回　凤姐照脸一口吐沫啐道："你尤家的丫头没人要了，偷着只往贾家送！……这会子被人家告我们，我又是个没脚蟹，连官场中都知道我利害吃醋，如今指名提我，要休我。……"

我们都知道，螃蟹是横着走的，常常被用来形容人横行霸道。螃蟹能够耍威风，就是仗着那八条腿。王熙凤说自己是没了腿的螃蟹，其实是在撒谎卖惨，伪装成弱小无助的样子。

妙笔话考点

我们写作时，可以借鉴《红楼梦》里"宝玉猴向凤姐身上立刻要牌"的写作手法，运用到自己的文章里。

我们可以结合喻体的特征，加以适当运用。如猫的警惕性高，很喜欢躲在角落观察，那么，我们形容一个人鬼鬼祟祟，就可以用"小李同学猫在老师的身后探头探脑"。

这里布置一个小练习：将《红楼梦》里打比喻时提到的动物，列一个表格，把在动物园和生活中容易看到的动物的个性特点，逐一列出来。如，河马潜伏在水里，善于隐藏实力；孔雀开屏，爱炫耀，喜欢公开表现自己；等等。当你想夸奖谁，或想讽刺谁的时候，用起来就很方便了。

诗句芬芳 锦心绣口

粉堕百花洲，香残燕子楼。——林黛玉《唐多令》（《红楼梦》第七十回）

粉堕、香残：指残花零落，暗喻女子的衰老死亡。百花洲：这里指姑苏城（今苏州市）内的百花洲。燕子楼：故址在今江苏省徐州市西北。

读懂打比喻的花花草草

花草树木是人的生活环境中最亲近的事物。一草一木，一花一叶，都与我们息息相关。

有的植物可以吃，味道甜美，被人们当成蔬菜、水果。有的植物很漂亮，枝干挺拔秀丽，花朵散发香气，被摆设起来。还有些植物，有药用价值。我们的中草药，很多取材于千奇百怪的植物。

充满生活气息的《红楼梦》，自然离不开植物，拿各种花草树木打比喻的地方，俯拾皆是。

以花喻人：
把女孩们比喻成姹紫嫣红的花

这部小说赞美女孩子的美丽，把女孩比喻为花。

第六十三回中，大观园里贾宝玉过生日，姐妹们聚会庆祝，玩游戏占花名，薛宝钗抽中牡丹，探春抽中杏花，李纨抽中梅花，麝月抽中荼蘼，林黛玉抽中芙蓉花。这其实是将这些女子比喻成不同的花，并且每种花的特征都十分符合本人的气质、命运。

　　牡丹艳冠群芳，是最雍容华贵的花卉，形容薛宝钗的端庄贤淑、国色天香。古诗里写"红杏枝头春意闹"，杏花娇艳热闹，所以古人觉得红杏会带来好姻缘。小说里写探春抽到杏花，影射必得贵婿，即探春会嫁给富贵的丈夫。

原文采撷

　　第五十一回　　宝玉喜道："……我和你们一比，我就如那野坟圈子里长的几十年的一棵老杨树，你们就如秋天芸儿进我的那才开的白海棠……"

　　贾宝玉说自己是粗糙的老杨树，年轻女孩子是娇嫩的白海棠，两相对比表现出女孩们多么值得怜惜。

原文采撷

　　第六十五回　　兴儿拍手笑道："……三姑娘的浑名是'玫瑰花'。"

　　玫瑰花又红又香，人人爱。现在恋人之间，都是送玫瑰花。这里形容探春又美貌又可爱，读书识字，聪明过人。不过，玫瑰花有刺，也暗示探春个性倔强，不是那么好欺负的。

 原文采撷

第七十七回　　宝玉冷笑道："……他这一下去，就如同一盆才抽出嫩箭来的兰花送到猪窝里去一般。况又是一身重病，里头一肚子的闷气。……"

兰花刚刚长出来时，十分娇媚，所以，这是在形容晴雯十分美丽、娇弱柔嫩，像刚刚抽出嫩箭的兰花。

花朵之外
其他的喻体

其他拿来打比喻的还有葫芦、辣椒、水葱、柳、老杨树、柳絮、生姜等。

 原文采撷

第三回　　黛玉连忙起身接见。贾母笑道："你不认得他，他是我们这里有名的一个泼皮破落户儿，南省俗谓作'辣子'，你只叫他'凤辣子'就是了。"

黛玉正不知以何称呼，只见众姊妹都忙告诉他道："这是琏嫂

子。"黛玉虽不识，也曾听见母亲说过，大舅贾赦之子贾琏，娶的就是二舅母王氏之内侄女，自幼假充男儿教养的，学名王熙凤。

王熙凤性格外向泼辣，风风火火，贾母就直接把她形容成辣子。在大家都敛声屏气、不敢喧哗的氛围中，只有王熙凤大声说笑。我们从中可以观察到王熙凤的地位。

果不其然，紧接着王熙凤就对林黛玉说："要什么吃的、什么玩的，只管告诉我；丫头老婆们不好，也只管告诉我。"这是在赤裸裸地表示：我有权，管着钱，要吃要喝，找我王熙凤；下人不听话不服管，也找我王熙凤。贾母宠爱王熙凤，就纵容王熙凤这样。别人要是也这么做，就会倒霉。

原文采撷

第七十八回　　贾母听了，笑道："原来这样，如此更好了。袭人本来从小儿不言不语，我只说他是没嘴的葫芦。"

葫芦肚子大，嘴小，形容可以盛住秘密。没嘴的葫芦，就更加不爱说话，老实沉闷。这是说袭人守口如瓶，嘴巴严实，能保守秘密。

原文采撷

第四十九回　　晴雯等早去瞧了一遍回来，吹吹笑向袭人道：

"你快瞧瞧去！大太太的一个侄女儿，宝姑娘一个妹妹，大奶奶两个妹妹，倒像一把子四根水葱儿。"

水葱这种植物，常常生长于湖泽水岸，青翠、纤细、娇嫩，水灵灵的，多用来形容女孩子的清新可爱、灵秀美丽。这也符合曹雪芹在书里写的贾宝玉的审美。贾宝玉认为女儿是水作的骨肉，集中了天地的灵秀之气。

📖 原文采撷

第四十六回　贾母又笑道："凤姐儿也不提我。"凤姐儿笑道："我倒不派老太太的不是，老太太倒寻上我了？"贾母听了，与众人都笑道："这可奇了！倒要听听这不是。"凤姐儿道："谁教老太太会调理人，调理的水葱儿似的，怎么怨得人要？我幸亏是孙子媳妇，若是孙子，我早要了，还等到这会子呢。"

可想而知，水葱是多么迷人可爱的植物。被形容为水葱的人，都是十分优秀杰出的，在外貌、姿态和才华能力上，都非常出色。

📖 原文采撷

第九回　偏那薛蟠本是浮萍心性，今日爱东，明日爱西，近来又有了新朋友，把香、玉二人又丢开一边。

118

浮萍是水面浮生植物，没有根，随水漂荡。此处形容薛蟠心意不定，见异思迁。

原文采撷

第三十回 一句话还未说完，宝玉林黛玉二人心里有病，听了这话早把脸羞红了。

凤姐于这些上虽不通达，但只见他三人形景，便知其意，便也笑着问人道："你们大暑天，谁还吃生姜呢？"众人不解其意，便说道："没有吃生姜。"凤姐故意用手摸着腮，诧异道："既没人吃姜，怎么这么辣辣的？"宝玉黛玉二人听见这话，越发不好过了。

在这里，王熙凤把薛宝钗讽刺黛玉、宝玉的辛辣话语，比喻为生姜。生姜很辣，是炒菜常用的调味料。林黛玉和贾宝玉听到了那些风凉话，就像吃了生姜一样，脸都羞愧发红了，火辣辣的。从这个细节我们也发现，薛宝钗并不是看起来那么温柔贤淑，骨子里是很有脾气的。

第一回中，甄士隐邀请贾雨村中秋小酌："故特具小酌，邀兄到敝斋一饮，不知可纳芹意否？"

芹意出自《列子·杨朱》。有人向同乡的富豪赞美芹菜好吃，结果富豪吃了以后，嘴肿了，也拉肚子。后人用"芹献""芹意"等作为送礼或请客的谦辞。主人请客人喝酒吃饭，只说是"芹意"，这是甄士隐谦逊的说法。

花花草草
代表着人们的品格

古人喜爱托物言志，借大自然中的花草树木来诉说自己的追求。在《红楼梦》这样的古典文学名著里，花花草草是有高低贵贱之分的，并且符合中国传统文化的审美，符合人物的特征。

金陵十二钗是十二个优秀的女子，打比喻时常用到的，都是名贵美丽的花卉。而其他植物也各有各的特征，用来形容不同事物。

了解这些，有助于我们读懂《红楼梦》里的植物比喻，读懂作者描写的那些人。掌握了人物的命运发展，也就把握了阅读小说的关键。

妙笔话考点

"花中四君子"是梅、兰、竹、菊，"岁寒三友"是松、竹、梅。梅花于寒冬开放，超凡脱俗。兰花多生于幽僻之处，清香四溢。"空谷幽兰"这个词语，就是比喻与世无争、品德良好的谦谦君子。竹子刚直、谦逊。菊花凌霜傲放，不会趋炎附势，故历来被用来象征与众不同、傲然不屈的品格。松树经冬不凋，苍翠不改颜色，经得起岁月的考验。这些被文人推崇的植物，都有不畏风霜、坚贞不屈的高洁品格，被比喻为忠臣、君子，历来备受尊敬。人的品质是无形的，当我们想形容一个人的品质时，如果能找到适合比喻的花花草草，把抽象的品格比喻为具体的植物，就能让读者直观地感受到。

诗句芬芳 锦心绣口

不求大士瓶中露，为乞嫦娥槛外梅。——贾宝玉《访妙玉乞红梅》（《红楼梦》第五十回）

大士、嫦娥：这里皆隐指妙玉。槛外：世外，这里指栊翠庵。

怅惘西风抱闷思，蓼红苇白断肠时。——蘅芜君《忆菊》（《红楼梦》第三十八回）

蓼：这里指红蓼，干叶均呈紫红色，夏秋之际开粉红小花。苇：芦苇，夏秋之际扬白絮。断肠：形容极度悲伤的情怀，这里喻忆菊心情之切。

青少年的读书问题，薛宝钗早就说清楚了

原文采撷

第四十二回　　　"你当我是谁，我也是个淘气的。从小七八岁上也够个人缠的。我们家也算是个读书人家，祖父手里也爱藏书。先时人口多，姊妹弟兄都在一处，都怕看正经书。弟兄们也有爱诗的，也有爱词的，诸如这些'西厢''琵琶'以及'元人百种'，无所不有。他们是偷背着我们看，我们却也偷背着他们看。后来大人知道了，打的打，骂的骂，烧的烧，才丢开了。所以咱们女孩儿家不认得字的倒好。男人们读书不明理，尚且不如不读书的好，何况你我。就连作诗写字等事，这不是你我分内之事，究竟也不是男人分内之事。男人们读书明理，辅国治民，这便好了。只是如今并不听见有这样的人，读了书倒更坏了。这是书误了他，可惜他也把书糟踏了，所以竟不如耕种买卖，倒没有什么大害处。你我只该做些针黹纺织的事才是，偏又认得了字，既认得了字，不过拣那正经的看也罢了，最怕见了些杂书，移了性情，就不

可救了。"一席话，说的黛玉垂头吃茶，心下暗伏，只有答应"是"
的一字。

小孩子读杂书是管不住的

在《红楼梦》里，十五六岁的薛宝钗最喜欢谈读书问题，非常关注青少年的读书问题。对于读书，薛宝钗谈得深入、透彻、直白，甚至拿自己当案例来分析。薛宝钗劝说林黛玉，阐明了她的读书观。

首先，薛宝钗说"女孩儿家不认字的倒好"是基于封建旧道德，是落后腐朽的思想。这一点我们心里要有数。

其次，看薛宝钗的真实经历，她家的兄弟姊妹都怕看正经书，喜欢看闲杂书。《西厢记》《琵琶》以及《元人百种》等，也就是流行的言情小说、江湖野史、少儿不宜的种种杂书。

贾宝玉也一样，当他百无聊赖，觉得啥都不好玩的时候，最喜欢看闲杂书。

原文采撷

第二十三回　茗烟见他这样，因想与他开心，左思右想，皆是宝玉顽奈烦了的，不能开心，惟有这件，宝玉不曾看见过。想毕，便走去到书坊内，把那古今小说并那飞燕、合德、武则天、杨贵妃的外传与那传奇角本买了许多来，引宝玉看。宝玉何曾见过这些书，一看见了便如得了珍宝。茗烟又嘱咐他不可拿进园去，"若叫人知道了，我就吃不了兜着走呢"。宝玉那里舍的不拿进去，踟蹰再三，单把那文理细密的拣了几套进去，放在床顶上，无人时自己密看。那粗俗过露的，都藏在外面书房里。

　　文采好的，语言雅致的，贾宝玉就放在自己的床顶上，没人的时候躲起来看。粗俗过露的，也就是淫秽露骨的，贾宝玉就藏在书房，偷偷看。

　　孩子都很喜欢看课外书，根本原因还在于，语文课本上的那些文章只是一小部分范文，阅读量太少了。我读中小学的时候，每年一开学，两三个小时就能看完整本语文书。我的语文成绩一直是全年级第一名，就是因为我看了海量的课外书，比如《小小说选刊》《收获》《小说月报》《意林》等报纸杂志，《西厢记》《牡丹亭》《童年》等古今中外名著。

　　要学好语文，需要大量的阅读积累，要靠阅读课外书来补充。把课外书当成不正经的杂书是一种错误的偏见。看课外书不但可学到知识、学会做人处世的道理，还能提前认识社会。

　　林黛玉的父亲林如海是探花进士高才生，从小教林黛玉读书识字。但林黛玉偷看的《西厢记》《牡丹亭》等杂剧书籍，是四书五经外的，算是"课外书"了，所以林黛玉引用《西厢记》《牡丹亭》的句子，说漏了嘴，被薛宝钗抓住了证据。

读杂书
不可移了性情

杂书杂剧不仅少男少女爱看，老年人如贾母也爱看，可以说全世界的人民群众都爱看。从《红楼梦》到《泰坦尼克号》，古今中外最流行的影视剧或畅销小说，主题都差不多。

《西厢记》讲的是张生与崔莺莺艰辛曲折的爱情故事，《德伯家的苔丝》讲的是少女受骗被诱奸的故事。还有《俊友》《红与黑》《复活》《安娜·卡列尼娜》等，都在讲类似的故事。

为什么男女老少都爱看杂书呢？原因也很简单，故事精彩，贴近人心。小说里借林黛玉之口，给出了解释："原来戏上也有好文章。可惜世人只知看戏，未必能领略这其中的趣味。"

杂书里也有大量的好书，讲的是正经道理，也就是我们现在所说的经典。

名著经典能帮助我们了解人性的立体、社会问题的复杂。人类是杂食动物，心智上也一样。婴儿只能吃奶，成年人需要吃丰富多样的食物。只让成年人吃奶就会营养不良，等于是在搞垮人的心灵。

一贯伶牙俐齿的林黛玉，面对薛宝钗的劝解，也低头服气。不仅仅因为薛宝钗的关怀爱护，私下劝说，还因为薛宝钗见解高明，切中肯綮，戳准了要害。

所以，重点来了。

不是看杂书这件事有问题，而是大人们害怕看杂书的孩子缺乏主体意识、没有判断力，"移了性情，就不可救了"。

薛宝钗不仅仅是在说女孩子读书，还论及全天下的人。读书识字是为了什么？是为了"明理，辅国治民"，也就是明白事理，对国家和人民有所帮助。

正经书必读，杂书随便看，独立思考才是读书之王道

读书最怕两种结果，一种是读成书呆子，变得迂腐不堪；另一种是哪怕是"正经书"，也能读歪。有些人学会了钻空子，把聪明才智用到歪门邪道上，变成精致的利己主义者，这既对不起国家也对不起人民。

薛宝钗的读书之道就是，正经书必读，杂书随便看，但都要经过琢磨消化。琢磨消化后，遇事就有了主见。

我们且看具体的例子。

第一例，元春省亲试才，薛宝钗给贾宝玉出主意应付面试，改"绿玉"为"绿蜡"。诗词歌赋样样精通，博览群书，到用时才能应对自如。贾宝玉是典型的书到用时方恨少，读书面太窄。

原文采撷

第十八回　　彼时宝玉尚未作完，只刚作了"潇湘馆"与"蘅芜苑"二首，正作"怡红院"一首，起草内有"绿玉春犹卷"一句。宝钗转眼瞥见，便趁众人不理论，急忙回身悄推他道："他因不喜'红香绿玉'四字，改了'怡红快绿'；你这会子偏用'绿玉'二字，岂不是有意和他争驰了？况且蕉叶之说也颇多，再想一个字改了罢。"宝玉见宝钗如此说，便拭汗道："我这会子总想不起什么典故出处来。"宝钗笑道："你只把'绿玉'的'玉'字改作'蜡'字就是了。"宝玉道："'绿蜡'可有出处？"宝钗见问，悄悄的咂嘴点头笑道："亏你，今夜不过如此，将来金殿对策，你大约连'赵钱孙李'都忘了呢！唐钱珝咏芭蕉诗头一句：'冷烛无烟绿蜡干'，你都忘了不成？"宝玉听了，不觉洞开心臆，笑道："该死，该死！现成眼前之物偏倒想不起来了，真可谓'一字师'了。从此后我只叫你师父，再不叫姐姐了。"

第二例，金钏出事，薛宝钗安抚王夫人，主动拿自己的衣服给金钏穿上送葬，并不忌讳什么。这是融会贯通了孔夫子的"子不语怪力乱神"。神神道道的东西，别人要信，薛宝钗不管，她要秉承正经道理。

第三例，也就是本文开头探讨的例子，薛宝钗给林黛玉开展成长教育，指导人生思想，点破读杂书的风险在于思想根基不扎实，容易被带偏。

第四例，探春搞改革，把大观园的花果树木交给各家承包，开源创收促生产。薛宝钗提醒探春，蛋糕有了，还要解决好利益分配的问题。

原文采撷

第五十六回 宝钗笑道："……还有一句至小的话，越发说破了：你们只管了自己宽裕，不分与他们些，他们虽不敢明怨，心里却都不服，只用假公济私的多摘你们几个果子，多掐几枝花儿，你们有冤还没处诉呢。他们也沾带些利息，你们有照顾不到的，他们就替你们照顾了"。

探春之所以想到改革，是因为她发现"一个破荷叶、一根枯草根子，都是值钱的"。宝钗笑她："真真膏粱纨绔之谈。虽是千金小姐，原不知这事，但你们都念过书识字的，竟没看见朱夫子有一篇《不自弃文》不成？"

朱熹在这篇文章中说："夫天下之物，皆物也。而物有一节之可取，且不为世之所弃。"

薛宝钗正因为读书读透了，已洞察人情世故，大道理小细节信手拈来，才能做出如此妥帖安排，周全考虑改革中的利益分配问题。

薛宝钗这才叫真正的独立思考。这样的能力、见识与心胸，是"死读书、读死书"者永远学不到的。

原文采撷

第六十七回　　母女正说话间，见薛蟠自外而入，眼中尚有泪痕。一进门来。便向他母亲拍手说道："妈妈可知道柳二哥尤三姐的事么？"薛姨妈说："我才听见说，正在这里和你妹妹说这件公案呢。"薛蟠道："妈妈可听见说柳湘莲跟着一个道士出了家了么？"薛姨妈道："这越发奇了。怎么柳相公那样一个年轻的聪明人，一时糊涂，就跟着道士去了呢。我想你们好了一场，他又无父母兄弟，只身一人在此，你该各处找找他才是。靠那道士能往那里远去，左不过是在这方近左右的庙里寺里罢了。"薛蟠说："何尝不是呢。我一听见这个信儿，就连忙带了小厮们在各处寻找，连一个影儿也没有。又去问人，都说没看见。"

薛姨妈说："你既找寻过没有，也算把你作朋友的心尽了。焉知他这一出家不是得了好处去呢。只是你如今也该张罗张罗买卖，二则把你自己娶媳妇应办的事情，倒早些料理料理。咱们家没人，俗语说的'夯雀儿先飞'，省得临时丢三落四的不齐全，令人笑话。再者你妹妹才说，你也回家半个多月了，想货物也该发完了，同你去的伙计们，也该摆桌酒给他们道道乏才是。人家陪着你走了二三千里的路程，受了四五个月的辛苦，而且在路上又替你担了多少的惊怕沉重。"薛蟠听说，便道："妈妈说的很是。倒是妹妹想的周到。我也这样想着，只因这些日子为各处发货闹的脑袋都大了。又为柳二哥的事忙了这几日，反倒落了一个空，白张罗了一会子，倒把正经事都误了。要不然定了明儿后儿下帖儿请罢。"薛姨妈道："由你办去罢。"

宝钗饱读诗书仅是为了学会吟诗作赋？显然不是。她的满腹经纶与超人情商使她有着出众的管理天分，即使无法管理家族事业，也能躲在幕后，替她那不靠谱的哥哥暗自操心，适时提醒。

读书识字的最高目标，是成为一个聪明正直、对社会有益的人。

在"正经书"里搞鬼夹带私货的人，惑乱人心，罪大恶极，该当问责。

对"杂书"一概清理，吹毛求疵的，则是榆木脑袋，蠢不可及。许多杂书其实是大大有益的。

杂书不是洪水猛兽，广泛涉猎，对青少年的身心极为有益。

妙笔话考点

我的童年和大多数人一样，因为读了很多课外书，经常被家长批评。小时候，大人越是不让我们看课外书，我们越逆反，越想看。就像林黛玉、贾宝玉一样，偷偷摸摸藏着看。

如果大人能够像薛宝钗一样教育孩子，不要公开批评，而是找个私密的时机，顾全我们的面子，坦然真诚地与我们交流读书观、人生观、价值观，会让我们青少年更加心服口服。

诗句芬芳 锦心绣口

桃未芳菲杏未红，冲寒先已笑东风。——邢岫烟《咏红梅花》（《红楼梦》第五十回）

"冲寒"句意谓红梅先于桃杏冲破寒冷笑向东风。

为什么贾政说《诗经》是虚应故事

 原文采撷

第九回 偏生这日贾政回家早些，正在书房中与相公清客们闲谈。忽见宝玉进来请安，回说上学里去，贾政冷笑道："你如果再提'上学'两个字，连我也羞死了。依我的话，你竟顽你的去是正理。仔细站脏了我这地，靠脏了我的门！"众清客相公们都早起身笑道："老世翁何必又如此。今日世兄一去，三二年就可显身成名的了，断不似往年仍作小儿之态了。天也将饭时，世兄竟快请罢。"说着便有两个年老的携了宝玉出去。

贾政因问："跟宝玉的是谁？"只听外面答应了两声，早进来三四个大汉，打千儿请安。贾政看时，认得是宝玉的奶母之子，名唤李贵。因向他道："你们成日家跟他上学，他到底念了些什么书！倒念了些流言混语在肚子里，学了些精致的淘气。等我闲一闲，先揭了你的皮，再和那不长进的算帐！"吓的李贵忙双膝跪下，摘了帽子，碰头有声，连连答应"是"，又回说：

"哥儿已念到第三本《诗经》，什么'呦呦鹿鸣，荷叶浮萍'，小的不敢撒谎。"说的满座哄然大笑起来。贾政也撑不住笑了。因说道："那怕再念三十本《诗经》，也都是掩耳偷铃，哄人而已。你去请学里太爷的安，就说我说了：什么《诗经》古文，一概不用虚应故事，只是先把'四书'一气讲明背熟，是最要紧的。"李贵忙答应"是"，见贾政无话，方退出去。

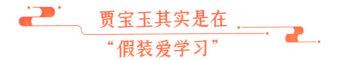

贾宝玉其实是在 "假装爱学习"

这回的情节是，贾宝玉要去上学了，上学是大事，自然要跟父亲大人报告一声。就此引出一段怎么学习的故事。

贾宝玉平时写首诗，交个作业，连著名的咏芭蕉诗"冷烛无烟绿蜡干"都不知道，说明什么？说明贾宝玉是在假装爱学习，在课堂上敷衍"摸鱼"。

他诵读着《诗经》这样高雅的诗歌，是在骗别人，也是在骗自己。贾政太了解自己这个刁钻狡猾的儿子了。贾宝玉很擅长"精致的淘气"，骗得了学堂私塾里的教书先生、骗得了王夫人和贾母，却骗不过他的亲爹。

贾政的真实意思，并不是说学《诗经》不对，不该讲解《诗经》，而是讽刺训斥贾宝玉"四书"没学明白，基础没打好，就大谈特谈《诗经》，是在玩花架子。贾政戳破了贾宝玉的小聪明，严厉地警告儿子：小屁孩，你少玩一些花里胡哨的把戏，这一套骗不了你老爹。

科举考什么？明清科举考试的内容主要是"四书五经"，也就是《论语》《孟子》《大学》《中庸》和《诗经》《尚书》《礼记》《周易》《春秋》。

无论你是想成为栋梁之材，为国家做贡献，还是只为着个人的荣华富贵，想走科举这条路，都得熟读科举考试指定的教材。其核心的书籍，就是"四书五经"。

那么问题来了，既然《诗经》也属于"四书五经"，为什么贾政说贾宝玉搞学习是虚应故事呢？

《诗经》与"四书"相比，更容易被当成幌子。一个孩子，张口就能背诵一些经典诗句，会显得特别有才华，是非常能够糊弄人的。说得再直白一点，《诗经》特别适合小孩子卖弄装点门面。

如果我们贪玩偷懒，不刻苦用功，把自己的青春年华不当一回事，就会做出这样的事情。贾宝玉假装在学习，假装在用功，摇头晃脑地背诵着"呦呦鹿鸣，食野之苹"，但并不关心诗词有什么深刻的主题思想。

我们现在的学生很多就跟贾宝玉一样死记硬背，不求甚解。所学文章具体讲的什么内容，表现了什么主题思想，一问三不知。

我曾经去过很多全国重点的中小学开讲座，有一次随便点起来一个学生："《送孟浩然之广陵》记得吗？"下面的学生摇头晃脑地大声背给我听："故人西辞黄鹤楼，烟花三月下扬州。孤帆远影碧空尽，唯见长江天际流。"

我问道："你知道广陵是哪儿吗？"孩子两眼呆滞。我又提示："诗里不是说了吗？烟花三月去哪里呀？广陵就是扬州啊。"

我又叫了一个学生，诗依然背得滚瓜烂熟，我问他："你知道你刚才背的唐诗，是谁写给谁的吗？"孩子一头雾水。

我哭笑不得："你刚才不是背了标题吗？是李白送孟浩然去扬州呀！知道孟浩然是哪里人吗？"

那学生一脸茫然。

我解释道："孟浩然是湖北人。孟浩然写过什么？那李白呢？总该了解吧！"孩子这才兴奋起来："知道，李白是唐朝大诗人。孟浩然写过《春晓》：春眠不觉晓，处处闻啼鸟。夜来风雨声，花落知多少。"

我进一步讲解："《春晓》写得很牛，对不对？不然也不会家喻户晓。你看，孟浩然是不是很厉害啊！李白这么有名的诗人，跟孟浩然做了好朋友。他还写过两句诗：吾爱孟夫子，风流天下闻。可见李白多么欣赏孟浩然的文采风流。他们两个人，惺惺相惜。我们不能只是死记硬背，要读懂古诗里面的人和他们真挚的友情故事。"

怎么写命题作文

对于这个话题，我们以真实的清代考题为例。顺治年间的考题有"夫子之道，已矣"，出自《论语》；"博厚所以"，出自《中庸》；"今有璞玉，琢之"，出自《孟子》。

就拿"今有璞玉，琢之"具体来说一说，这一题有一个很重要的典故：

孟子见齐宣王，曰："为巨室，则必使工师求大木。工师得大木，则王喜，以为能胜其任也。匠人斫而小之，则王怒，以为不胜其任矣。夫人幼而学之，壮而欲行之，王曰，'姑舍女所学而从我'，则何如？今有璞玉于此，虽万镒，必使玉人雕琢之。至于治国家，则曰，'姑舍女所学而从我'，则何以异于教玉人雕琢玉哉？"（《孟子·梁惠王下》）

翻译成白话文就是，孟子拜见齐宣王，说："建造大房子，就必定要叫工匠去寻找大木料。工匠找到了大木料，大王就高兴，认为匠人是称职的。工匠把木料砍小了，大王就发怒，觉得木匠不称职。一个人幼年学到本领，壮年想要运用这种能力，大王却说：'暂且放弃你所学的本领，听我的。'这行吗？现在有一块没有雕琢过的玉石，虽然价值万镒（镒是秦始皇时期的通用货币），也要玉匠雕琢加工。至于治理国家，却说：'暂且放弃你所学的本领，听我的。'这和要玉匠按你的办法去雕琢玉石有什么区别呢？"

这个考试题目只有六个字，考的是孟子这段话所蕴含的施政思想：

君王，你如果想要盖大房子，就得明白基本的道理，相信工匠的专业水平。大房子并不是只需要大木头，也需要小零件。就像修建庞大的宫殿既要有栋梁支柱，也要有零碎的配件。玉匠雕琢玉石，人家才是专业的，你不能让玉匠按你一个外行的意见去雕琢。你可以提出你要什么样的玉器，但你没法教玉匠具体怎么切割、怎么磋磨。

按照现代高考语文题的设置形式，也就是给你一段古文阅读材料，要你来分析这个主题，写一篇有条有理、观点明晰的文章。

想写好这篇高考作文，要把握以下中心思想：专业的事情让专业的人去做；外行可以领导内行，但不要指导内行。把握住了这些，你就不会跑题、偏题，不会写出乱七八糟、不知所云的作文。

从学习的角度谈《诗经》

贾政吩咐，让学里的太爷不要讲"虚应故事"，先把"四书"给他的宝贝儿子讲解明白，是最重要的。

《诗经》是公认的典雅正统。但科举考试中的"时文""八股文"，主要考查议论说理，不是背几句诗能敷衍过去的，还要说清楚诗里有什么含义，有什么中心思想。

真正的学习，当然要扎扎实实打好基础。我们首先应该在课堂上好好听讲，然后进一步钻研。

遇到这种扎实的考题，光会背漂亮华丽的诗，有什么用？你玩虚的又骗不到阅卷老师。

比如雍正四年（1726年）江西乡试的首题是《论语·卫灵公》中的"君子不以言举人，不以人废言"。考题意思是不因为某人的话说得好就推举他，也不因为一个人有缺点就否定他的话。这就是议论文题目，所考的中心思想是辩证看待一个人的言行，跟我们现在的高考作文题、古文阅读理解题完全是一个路线风格。

如果想真正学懂《诗经》，那就要认识里面的词汇，查阅权威专业的解释。了解了当时的历史背景，才能懂得《诗经》在说什么故事。

李贵背错了的那两句，出自《诗经·小雅·鹿鸣》："呦呦鹿鸣，食野之苹。我有嘉宾，鼓瑟吹笙。"这两句为我们描写了一幅风景动人、如梦如画的场景。阳光灿烂的天气，鹿儿们发出呦呦的欢快叫声，优哉游哉，啃食着原野上的绿草。周王在这样的环境里，大摆筵席，宴请群臣。君臣和睦，共享繁华，呈现出一幅四海升平、国泰民安的画面。

《诗经》里的修辞手法非常精彩，学生不妨跟着《诗经》学修辞，也是不错的选择。

妙笔话考点

　　曹操有著名诗篇《短歌行》："对酒当歌，人生几何！譬如朝露，去日苦多。慨当以慷，忧思难忘。何以解忧？唯有杜康。青青子衿，悠悠我心。但为君故，沉吟至今。呦呦鹿鸣，食野之苹。我有嘉宾，鼓瑟吹笙……"

　　从《红楼梦》中，我们知道曹操的诗歌里用到的典故，来自《诗经·小雅·鹿鸣》。曹操为什么引用《诗经》里描写周王宴请群臣，四海升平的句子呢？肯定是因为曹操赞同、向往这种场景。

　　东汉末年，有雄才大略的曹操想创建繁荣强盛的国家，成为万民敬仰的千古风流人物。那么，怎样才能实现这样的心愿呢？靠他一个人，肯定是不够的。所以，他需要大量的人才，需要招募全天下的优秀人士来帮助他。曹操其实是在用很文雅的方式，发布全国招募令，征集青年才俊辅助他完成宏图大业。

　　学习的知识，背过的诗句，我们要学会融会贯通，使之真正成为自己的学问。

诗句芬芳 锦心绣口

隔座香分三径露，抛书人对一枝秋。——史湘云《供菊》（《红楼梦》第三十八回）

分：散发。三径露：与下句"一枝秋"互文，均指菊。三径：指栽菊的庭院。

林黛玉的高效阅读法

可惜古代女子不能参加科举考试，否则林黛玉绝对是学霸。她爹是探花郎，本来就是学神，她身上自然也是有某种家学遗传的。

《红楼梦》第二十三回中有这样的一段话，林黛玉笑道："你说你会过目成诵，难道我就不能一目十行么？"

问题来了，为什么林黛玉读书又快又好，一目十行，而很多人却十天半个月也看不了几页呢？

我们来分析林黛玉的思维习惯，就能找到答案。

黛玉式思维模式：
掰开揉碎，深思熟虑，条分缕析

原文采撷

第三十四回　　这里林黛玉体贴出手帕子的意思来，不觉神魂驰荡：宝玉这番苦心，能领会我这番苦意，又令我可喜；我这番苦意，不知将来如何，又令我可悲；忽然好好的送两块旧帕子来，若不是领我深意，单看了这帕子，又令我可笑；再想令人私相传递与我，又可惧；我自己每每好哭，想来也无味，又令我可愧。

贾宝玉派晴雯给林黛玉送手帕，送的是旧手帕。意思很好懂，恋旧人，重旧情。同样的，在史湘云、袭人又念叨贾宝玉仕途经济时，贾宝玉吐槽："林姑娘从来说过这些混帐话不曾？若他也说过这些混帐话，我早和他生分了。"

原文采撷

第三十二回　　林黛玉听了这话，不觉又喜又惊，又悲又叹。所喜者，果然自己眼力不错，素日认他是个知己，果然是个知己。所惊者，他在人前一片私心称扬于我，其亲热厚密，竟不避嫌疑。所叹者，你既为我之知己，自然我亦可为你之知己矣；既你我为知己，则又何必有金玉之论哉；既有金玉之论，亦该你我有之，则又何必来一宝钗哉！所悲者，父母早逝，虽有铭心刻骨之言，无人为我主张。况近日每觉神思恍惚，病已渐成，医者更云气弱血亏，恐致劳怯之症。你我虽为知己，但恐自不能久待；你纵为我知己，奈我薄命何！

林黛玉这个思维模式，可谓掰开了，揉碎了，分析事物，既入木三分，又能够全面看待。可以说，她完全判断正确，时刻处于忧患中。聪明人的脑袋瓜子，从来都是从各个角度去拆解、分析、思考一件事情的。

孟子说，生于忧患，死于安乐。但林黛玉很懂，人间的事情哪有那么多的直线条，有些事非人力所能强求，死于忧患，生于安乐的例子，多了去了。

林黛玉的处境，险象环生，又无计可施。她爱的贾宝玉同样是富贵闲人，无权做主。天天忧患，都知道没有好结果。薄命红颜，多情公子空牵挂。

难道没有金玉良缘，就不爱了吗？"我偏说是木石前盟。"贾宝玉态度很明确。林黛玉也一样。继续爱，死了都要爱。

林黛玉每每一瞬间的心念，都是考虑四五个层面上的事情。别人的一两句话，她能从不同角度解读，而且每个角度都切中肯綮，命中要害。旧手帕那个故事，她"可喜""可悲""可笑""可惧""可愧"；不谈仕途经济那次，她"又喜又惊，又悲又叹"。她的思维模式是多线程同步处理，多角度综合分析。

写作贵在立意，
次在好句

原文采撷

第四十八回　　且说香菱见过众人之后，吃过晚饭，宝钗等都往贾母处去了，自己便往潇湘馆中来。此时黛玉已好了大半，见香菱也进园来住，自是欢喜。香菱因笑道："我这一进来了，也得了空儿，好歹教给我作诗，就是我的造化了。"黛玉笑道："既要作诗，你就拜我作师。我虽不通，大略也还教得起你。"香菱笑道："果然这样，我就拜你作师。你可不许腻烦的。"

黛玉道："什么难事，也值得去学！不过是起承转合，当中承转是两副对子，平声对仄声，虚的对实的，实的对虚的，若是果有了奇句，连平仄虚实不对都使得的。"香菱笑道："怪道我常弄一本旧诗偷空儿看一两首，又有对的极工的，又有不对的，又听见说'一三五不论，二四六分明'。看古人的诗上亦有顺的，亦有二四六上错了的，所以天天疑惑。如今听你一说，原来这些格调规矩竟是末事，只要词句新奇为上。"黛玉道："正是这个道理，词句究竟还是末事，第一立意要紧。若意趣真了，连词句不用修饰，自是好的，这叫做'不以词害意'。"

有了这种"玲珑心"，再加上这样的思维模式，她读书上下文对照比较，看一眼就融会贯通。庄子、老子、李白、王维她啥都读了，也懂了，懂了以后还能教别人怎么读书，怎么写诗。

林黛玉开门见山，首先分析诗的本质——诗这玩意儿有什么难的，"不过是起承转合，当中承转是两副对子，平声对仄声，虚的对实的，实的对虚的，若是果有了奇句，连平仄虚实不对都使得的"。

这给了香菱信心。她也直言不讳，写诗不难，难的是写出精妙的句子。

其次，林黛玉给出好诗的判断标准："词句究竟还是末事，第一立意要紧，若意趣真了，连词句不用修饰，自是好的，这叫做'不以词害意'。"

这是真正的高手见解。华丽的修辞没那么重要，重要的是思想立意。

写作之前
先熟读名家代表作

原文采撷

第四十八回　　黛玉道："断不可看这样的诗。你们因不知诗，所以见了这浅近的就爱，一入了这个格局，再学不出来的。你只听我说，你若真心要学，我这里有《王摩诘全集》，你且把他的五言律读一百首，细心揣摩透熟了，然后再读一二百首老杜的七言律，次再李青莲的七言绝句读一二百首。肚子里先有了这三个人作了底子，然后再把陶渊明、应玚、谢、阮、庾、鲍等人的一看。你又是一个极聪敏伶俐的人，不用一年的工夫，不愁不是诗翁了！"香菱听了，笑道："既这样，好姑娘，你就把这书给我拿出来，我带回去，夜里念几首也是好的。"

黛玉听说，便命紫鹃将王右丞的五言律拿来，递与香菱，又道："你只看有红圈的都是我选的，有一首念一首。不明白的问你姑娘，或者遇见我，我讲与你就是了。"香菱拿了诗，回至蘅芜苑中，诸事不顾，只向灯下一首一首的读起来。宝钗连催他数次睡觉，他也不睡。宝钗见他这般苦心，只得随他去了。

你们看，这又展现了林黛玉的思维模式：多角度，综合思考。审美、格局、遣词造句、气度和文风，林黛玉按先后顺序，开出了学写诗的最佳书单。

小说里林黛玉教香菱，要写诗，先要读好诗。创作是输出，首先得输入。肚子里没有货，拿什么来写呢？巧妇难为无米之炊。

林黛玉非常具体地指导香菱。同样的，每一种体裁，其实都有对应的学习对象。林黛玉的教法，是正统靠谱的。

同时，林黛玉更加具有针对性，她开的书单上的，是千百年来公认的一流名家。

这些重要的精读，其他不那么重要的，泛泛而读，就行了。我给大家计算一下字数，按照林黛玉开的书单，王维的不过四千字，杜甫的不过一两万字，李白的不过五六千字，加上其他名家的，无论怎么夸张，都不超过五万字。学写诗，读透这五万字足矣。凑一起也不过是一本薄薄的诗集。

《唐诗三百首》的作者是清代的蘅塘退士，他在这本书的序言里说"熟读唐诗三百首，不会作诗也会吟"。

会阅读的，不一定会写；但是会写的，一定会阅读。写书的人，读书的人，是同类，自然心有灵犀一点通。那种两眼一抹黑，死读书，读死书的思维模式，就只能老牛拉破车，吭哧吭哧，又累又不讨好，还没成效。

从高处往下读，那必然是"会当凌绝顶，一览众山小"。

李白、杜甫不用啰唆介绍，一个诗仙，一个诗圣。其他人，都是某种风格的一代宗师。

王维的审美一流，杜甫的格局大，李白的气度高。以这三个人的诗打底，再把各种风格的高手作品浏览吸收，就可以搞创作了。谢是谢灵运，阮是阮籍，庾是庾信，鲍是鲍照。陶渊明的诗洒脱坚毅，应场的诗慷慨，谢、阮的诗风流蕴藉，庾、鲍二人的诗俊逸。

如果想提高写作水平，就要多读经典之作，以读最优秀的名家大师的作品来打底子。打好基础了，下一步就可以博览群书。每个时代都有一些优秀的著作，都可以读。

妙笔话考点

宝玉给黛玉的这两条旧手帕传递了什么意思？手帕在中国古代文化中有什么象征意义？

古代男女有别，送丝帕的意思是手帕上横看也是"思"，竖看也是"思"，表思念之意而已。宝玉送来帕子，一是怕黛玉伤心流泪，让她用来擦眼泪；二是旧帕子跟自己亲近些，这就意味着宝玉在向黛玉表明心声，和在此之前说的"你放心"有相同意义。而黛玉开始时说，新的帕子是名贵之物，不能要，当得知是旧的便收下了，因此可以看出，两个人心很近，是彼此的知己。

诗句芬芳 锦心绣口

轻烟迷曲径，冷翠滴回廊。——贾宝玉《蘅芷清芬》（《红楼梦》第十七回至十八回）

轻烟：藤蔓芊柔，夹缠萦绕，犹如轻烟。**冷翠**：草上露珠，清冷碧翠。

青少年怎么阅读《红楼梦》

《红楼梦》是一部巨著，内容浩瀚，对于大众来说，没有那么多人生阅历，是看不进去、看不懂的。尤其是青少年，只有十几岁，更加不明白那些复杂的社会描写。

那该怎么办呢？我来教你，青少年应该怎么阅读《红楼梦》。

首先明确一点，《红楼梦》的三大核心主角，贾宝玉、薛宝钗、林黛玉。他们只有十几岁，其中薛宝钗算是年纪比较大的了。

原文采撷

第二十二回　　凤姐听了，冷笑道："我难道连这个也不知道？我原也这么想定了。但昨儿听见老太太说，问起大家的年纪生日来，听见薛大妹妹今年十五岁，虽不是整生日，也算得将笄之年。老太太说要替他作生日。想来若果真替他作，自然比往年与林妹妹的不同了。"

薛宝钗来了贾府，住了好一段时间，才过十五岁的生日。按照现在的说法，薛宝钗、林黛玉、贾宝玉都是未成年人。

迎春、探春、惜春、王熙凤、妙玉、史湘云、晴雯、袭人等，这些金陵十二钗正册、副册、又副册上面的其他女孩子，最大年纪也不过二十岁，放到现在也就是上大学的年纪。

所以，我们在读这部小说的时候，不必害怕小说太深奥看不懂，这就是以我们青少年为主角的故事。故事里的人，都是我们的同龄人、小伙伴。将心比心，换位思考，他们想的事情，他们的青春烦恼，与我们的都差不多。

有了这个基本认识，《红楼梦》是不是就离我们没那么遥远了？不必畏惧，拿起来就看。里面许许多多的故事，都跟青少年的生活息息相关。

青春期的头等大事：搞学习、交朋友

原文采撷

第七回　　宝玉只答应着，也无心在饮食上，只问秦钟近日家务等事。秦钟因说："业师于去年病故，家父又年纪老迈，残疾在身，公务繁冗，因此尚未议及再延师一事，目下不过在家温习旧课而已。再读书一事，必须有一二知己为伴，时常大家讨论，才能进益。"宝玉不待说完，便答道："正是呢，我们却有个家塾，合族中有不能延师的，便可入塾读书，子弟们中亦有亲戚在内可以附读。我因业师上年回家去了，也现荒废着呢。家父之意，亦欲暂送我去温习旧书，待明年业师上来，再各自在家里读。家祖母因说：一则家学里之子弟太多，生恐大家淘气，反不好；二则也因我病了几天，遂暂且耽搁着。如此说来，尊翁如今也为此事悬心。今日回去，何不禀明，就往我们敝塾中来，我亦相伴，彼此有益，岂不是好事？"

青春期的第一件大事：搞学习、交朋友。接受教育，就必须去学堂上学。在家自学，始终太难了，也缺乏学习的氛围。

在小说第十五回里，贾宝玉第一次见到年轻的北静王。北静王夸奖了贾宝玉一顿之后，就对贾政说："吾辈后生，甚不宜钟溺，钟溺则未免荒失学业。昔小王曾蹈此辙，想令郎亦未必不如是也。若令郎在家难以用功，不妨常到寒第。小王虽不才，却多蒙海上众名士凡至都者，未有不另垂青，是以寒第高人颇聚。令郎常去谈会谈会，则学问可以日进矣。"

北静王的意思说得很直接，像他和贾宝玉这样的富贵家庭的孩子，太受长辈溺爱，只知道玩乐。贾宝玉在贾府家里是很难安心用功的，而北静王自己家常年有很多学问好的名家高手聚会，其实就约等于高级学堂或者研讨班，有着良好的学习氛围。所以他邀请贾宝玉去他家交流学习，这样学问就可以进步了。

上学，有个伴，更加好。大家学习时一起用功，相互交流，休息的时候一起玩，学习也没那么苦闷。

人如果能交到知己，将会是一辈子的良师益友。曾国藩曾在家书中谈到交友："盖求友以匡己之不逮，此大益也。"意思是说，朋友可以监督自己，帮助自己发现不足，是很有益处的。

中国古代著名的教育家孔子也说过："益者三友，损者三友。友直，友谅，友多闻，益矣。友便辟，友善柔，友便佞，损矣。"意思是说，跟正直、诚信、见闻广博的人交朋友，对自己的成长特别有益；而跟那些诡计多端、阿谀奉承、阳奉阴违的人做朋友，自己就会被他们带坏。

青春期第二件大事：对异性的爱慕

原之采撷

第五回　　如今且说林黛玉自在荣府以来，贾母万般怜爱，寝食起居，一如宝玉，迎春、探春、惜春三个亲孙女倒且靠后；便是宝玉和黛玉二人之亲密友爱处，亦自较别个不同，日则同行同坐，夜则同息同止，真是言和意顺，略无参商。不想如今忽然来了一个薛宝钗，年岁虽大不多，然品格端方，容貌丰美，人多谓黛玉所不及。而且宝钗行为豁达，随分从时，不比黛玉孤高自许，目无下尘，故比黛玉大得下人之心。便是那些小丫头子们，亦多喜与宝钗去顽。因此黛玉心中便有些悒郁不忿之意，宝钗却浑然不觉。那宝玉亦在孩提之间，况自天性所禀来的一片愚拙偏僻，视姊妹弟兄皆出一意，并无亲疏远近之别。其中因与黛玉同随贾母一处坐卧，故略比别个姊妹熟惯些。既熟惯，则更觉亲密；既亲密，则不免一时有求全之毁，不虞之隙。这日不知为何，他二人言语有些不合起来，黛玉又气的独在房中垂泪，宝玉又自悔言语冒撞，前去俯就，那黛玉方渐渐的回转来。

林黛玉和贾宝玉亲密友爱，天天在一起玩。渐渐二人情窦初开，对对方的爱慕在二人心中悄悄萌芽。贾宝玉对待林黛玉与众不同，林黛玉也把贾宝玉当成最亲密的人。

这个时候，突然来了个薛宝钗。大家私底下说闲话：林黛玉不如薛宝钗大方得体。林黛玉心中愤愤不平，闹别扭。三个年纪轻轻的少男少女，关系变得微妙起来。古人讲究“男女授受不亲”，他们是不能公开谈恋爱的。

其实，林黛玉、贾宝玉的烦恼，跟现在的中学生差不多。一方面，他们太年轻，心理很不成熟，根本没有能力对自己的人生负责；另一方面，他们依靠家里养活，没有独立生活的能力。

他们还是千金小姐和豪门公子，娇生惯养，衣来伸手，饭来张口。

尤其贾宝玉动不动一大群丫鬟伺候着，更加缺乏劳动能力，没有生活自理能力。

这里，就需要了解一个历史常识。古人一般14岁就算成年人，可以谈婚论嫁。薛宝钗到了将笄之年，过了14岁，迈向15岁，就可以结婚了。

我们青少年看《红楼梦》，可以了解三个年轻人的爱情故事，从中学习并思考人生的情感问题。开国领袖毛主席就评价过这几个年轻人："林黛玉有句话讲得好，'不是东风压倒西风，就是西风压倒东风'，她是个很有头脑的女孩子哩。但是她的小性儿也够人受的。贾宝玉，是个很有性格的男孩哩。他对女孩好，那是因他觉得女孩受压嘛。"

找到自己感兴趣、想了解的阅读角度，结合自己的现实生活，这样就能把握小说的主线情节。

青春期第三件大事：特别叛逆，和父母相互看不顺眼

青春期的其中一个典型表现，就是和父亲、母亲相互看不顺眼，叛逆，喜欢抬杠、顶嘴。我们会觉得自己长大了，大人还非要管着，特别烦人；对很多事情有自己的看法，但到底对不对，是否合乎情理，其实自己也没把握。

原文采撷

第十七回 说着，引人步入茆堂，里面纸窗木榻，富贵气象一洗皆尽。贾政心中自是欢喜，却瞅宝玉道，"此处如何？"众人见问，都忙悄悄的推宝玉，教他说好。宝玉不听人言，便应声道："不及'有凤来仪'多矣。"贾政听了道："无知的蠢物！你只知朱楼画栋、恶赖富丽为佳，那里知道这清幽气象。终是不读书之过！"宝玉忙答道："老爷教训的固是，但古人常云'天然'二字，不知何意？"

众人见宝玉牛心，都怪他呆痴不改。今见问"天然"二字，众人忙道："别的都明白，为何连'天然'不知？'天然'者，天之自然而有，非人力之所成也。"宝玉道："却又来！此处置一田庄，分明见得人力穿凿扭捏而成。远无邻村，近不负郭，背山山无脉，临水水无源，高无隐寺之塔，下无通市之桥，峭然孤出，似非大观。争似先处有自然之理，得自然之气，虽种竹引泉，亦不伤于穿凿。古人云'天然图画'四字，正畏非其地而强为地，非其山而强为山，虽百般精而终不相宜……"未及说完，贾政气的喝命："又出去！"刚出去，又喝命："回来！"命："再提一联，若不通，一并打嘴！"

贾政直接批判贾宝玉的品位不行，只知道富贵庸俗。这个态度特别霸道。在古代，伦理道德至高无上，父子关系是没有平等可言的。

所以，贾政这个父亲特别喜欢教训贾宝玉。

但是贾宝玉明知故问："老爷教训的固是，但古人云'天然'二字，不知何意？"这番言论顿时气到贾政。他先是喊人来要把贾宝玉"叉出去"，但接着又改变主意，说：回来，你再做一联，做得不好，一并打嘴。这里特别有意思，父子俩的审美情趣对比，思想见解交锋，深刻体现出了他们之间内在价值观的矛盾。

在第七十八回有写到贾政年轻的时候是一个"诗酒放诞"之人。贾政是老二，上面有大哥贾赦，因为贾赦太不中用了，只顾着喝酒买小妾，贾政才被迫肩负起这个责任，成为一家之主。

而年轻的贾宝玉，是个富贵闲人，很懂什么是应制作文，也很懂什么是皇家气派。一个什么都懂的贾宝玉，其实是故意选择沉迷于风花雪月，不愿意走那种富贵人家的人生道路：参加科举，迎合权贵，攀交皇家等。

贾宝玉从出生开始，锦衣玉食，各种好东西太容易得到，他的物质欲望太容易被满足了。别人为之奋斗一生的东西，他早就厌倦腻烦了。这种家庭环境，让他丧失了奋斗的动力。

其实，《红楼梦》这部作品，就是曹雪芹写给年少的自己的。形容贾宝玉的那两首《西江月》，表达了作者深深的悔恨。贾宝玉的叛逆结果，不是勇敢直面人生，而是出家了。他不能拯救林妹妹，不能勇敢追求自由恋爱，不能自强自立，只能逃之夭夭，躲起来。

原文采撷

第三回　　后人有《西江月》二词，批宝玉极恰，其词曰：

无故寻愁觅恨，有时似傻如狂。纵然生得好皮囊，腹内原来草莽。潦倒不通庶务，愚顽怕读文章。行为偏僻性乖张，那管世人诽谤！

富贵不知乐业，贫穷难耐凄凉。可怜辜负好时光，于国于家无望。天下无能第一，古今不肖无双。寄言纨绔与膏粱：莫效此儿形状！

大文豪罗曼·罗兰说："世上只有一种真正的英雄主义，就是认清了生活的真相后，依然热爱生活。"

贾宝玉只有承担起责任，懂得人生的酸甜苦辣后，才能真正长大。到那个时候，他就懂得了自己的父亲。一代又一代人，就是这样成长起来的。

从中我们可以思考：在现代文明社会的家庭关系中，父母和子女在人格上应该是平等的，我们这些青少年，之所以叛逆，往往是因为能力不足以支撑自己独立。

这告诉我们一个道理：要努力学习，培育独立能力和健全人格，翅膀硬了，才能飞得更高。

妙笔话考点

　　青少年阅读经典名著，是不可能回避爱情主题的。我们不必躲躲藏藏，《红楼梦》的核心情节，就是宝黛之恋。青春爱情本来就是文学世界永恒的主题，世界名著中很多都是表现爱情的。如莎士比亚的经典代表作《罗密欧与朱丽叶》，写的就是一对年轻男女的爱情悲剧。从这些优秀的名著当中，我们反而能够提前了解情感的曲折多变，认识自身的种种不足，学会控制自己的情感，把握好人生。

　　阅读《红楼梦》要从自己最感兴趣的故事线读起。阅读其他名著经典也一样，要从最贴近自己生活、最好懂的部分入手。

诗句芬芳 锦心绣口

　　半卷湘帘半掩门，碾冰为土玉为盆。——林黛玉《咏白海棠》（《红楼梦》第三十七回）

　　湘帘：湘妃竹做的帘子。

第四章
红楼梦里的非凡见解

措辞怎么写才雅？大观园各有各的巧思

雅与俗不是看字面，而是看能否独树一帜

一个人形成自己的审美品位的过程，其实是一个觉悟开窍的过程。我们都希望自己成为有品位、气质不俗的人，那么如何做到这一点呢？

古人早就说过，腹有诗书气自华。想要品位好，人风雅，当然得多读书。

但读书只是一种手段，并不是读了书就必然"雅起来"。所以，至今仍有很多人虽然读了大学，成为像教授那样的高级知识分子，但依然粗鄙可笑。

大多数人只是风雅的消费者，而不是创造者。

焚香、坐禅、听琴、试玉、读经、品酒、赏月……都是享受消费，这些本身不是风雅的主题，只不过是附庸风雅。但无论如何，附

庸风雅总比崇拜粗鄙要好。

唯有创造，是通往风雅的唯一道路。创造不局限于写作，一件瓷器、一把扇子、一柄油纸伞、一只镯子，乃至于一栋建筑、一座园林、一座城池，都是人类创造的结果。

只要是创造，就有雅俗之分。我们还是以《红楼梦》为例子。小说里贾政三番五次地对贾宝玉展开文学创作指导，引领他走正确的路子。

原文采撷

第七十五回 命人取了纸笔来，贾政道："只不许用那些冰玉晶银彩光明素等样堆砌字眼，要另出己见，试试你这几年的情思。"宝玉听了，碰在心坎上，遂立想了四句，向纸上写了，呈与贾政看，道是：……贾政看了，点头不语。贾母见这般，知无甚大不好，便问："怎么样？"贾政因欲贾母喜悦，便说："难为他。只是不肯念书，到底词句不雅。"

这里道出了写作入门的基本功：雅与俗，不是看字面，而是看遣词造句的内在功夫，看是否能够"独树一帜""另出己见"，表达出一个人心中独特的情思。

"冰玉晶银彩光明素等样堆砌字眼"，也叫学生腔，是初学写作者最常犯的错误。历来水平比较低的语文老师教出的学生，最喜欢堆砌这种看上去漂亮的字眼。

第四十八回"慕雅女雅集苦吟诗"，讲了香菱学写诗的故事。她诚心诚意想学诗，拜黛玉为师，苦心孤诣搞创作。

香菱交的第一份作业，林黛玉就直截了当地指出："意思却有，只是措词不雅。"我们看原作：

月挂中天夜色寒，清光皎皎影团团。
诗人助兴常思玩，野客添愁不忍观。
翡翠楼边悬玉镜，珍珠帘外挂冰盘。
良宵何用烧银烛，晴彩辉煌映画栏。

贾政明确列举的八个堆砌字眼，香菱在一首诗里就用了五个，冰、玉、银、彩、光，占比高达百分之六十。

不是说这些字眼不好，而是这些字眼本身就是美好漂亮的事物，很容易让写作者投机取巧、敷衍糊弄。这些字眼被人用到泛滥成灾，也就俗套了。

第一个把月亮比喻成玉镜、冰盘的人，很有才。往后无数人还这么比喻，就变成陈词滥调了，俗不可耐。

香菱这诗水平不够，内容肤浅，不能妥帖地表达出真情实感，词不达意，拿漂亮字眼的俗套用法来凑，成品拙劣。这就叫措辞不雅。

这就好比食材不够好，手艺水平有限，厨子就拿月桂叶等香料遮掩。

真正的雅致，是能够写出自己独特的见识感受，准确生动地表达出那份缠绵悱恻的情思。

香菱听取了林黛玉的教诲，构思酝酿了她的第三首咏月诗：

精华欲掩料应难，影自娟娟魄自寒。

一片砧敲千里白，半轮鸡唱五更残。

绿蓑江上秋闻笛，红袖楼头夜倚栏。

博得嫦娥应借问，缘何不使永团圆！

香菱的这首诗，写出了内心深刻的忧伤和思念，写出了一个孤独寂寞的妇人等待家人归来的情思。但家人始终不回来，所以质问天上的嫦娥仙子，为什么不让人团圆？月亮都有阴晴圆缺，月下的人却长久分离。

大部分人心中有了眷念的人儿，经历了曲折的故事，看了美丽的风景后，就会想分享出那份情感，但又表达不出来，心里会憋得慌。人人心中有，个个笔下无。千百年来的文字高手们，恰能准确说出那些感受，遣词造句新鲜别致，为我们道破心境。所以我们尊其为有才华。

在小说第四十八回里，宝玉笑道："这正是'地灵人杰'，老天生人再不虚赋情性的。我们成日叹说可惜他这么个人竟俗了，谁知到底有今日。可见天地至公。"

这一回的回目为"慕雅女雅集苦吟诗"。香菱向往风雅，主动提出想参与诗社雅集，从读诗到学写诗，先是变成了一个创作者，接着专心致志、精诚所至，终于写出了好诗句，成为风雅者。

真正的风雅
是朴而不俗、直而不拙

原文采撷

第二十七回 探春又笑道："这几个月，我又攒下有十来吊钱了。你还拿了去，明儿出门逛去的时候，或是好字画，好轻巧顽意儿，替我带些来。"宝玉道："我这么城里城外、大廊小庙的逛，也没见个新奇精致东西，左不过是那些金、玉、铜、磁，没处撂的古董，再就是绸缎吃食衣服了。"探春道："谁要这些。怎么像你上回买的那柳枝儿编的小篮子，整竹子根抠的香盒儿，胶泥垛的风炉儿，这就好了。我喜欢的什么似的，谁知他们都爱上了，都当宝贝似的抢了去了。"宝玉笑道："原来要这个。这不值什么，拿五百钱出去给小子们，管拉一车来。"探春道："小厮们知道什么。你拣那朴而不俗、直而不拙者，这些东西，你多多的替我带了来。……"

同样，探春提出了俗和雅的分辨标准。

在探春眼里，市面上的一大堆日常工艺消费品，共同的特点是不新奇、不精致，也就是粗糙俗气，就像我们在任何旅游风景区都能买到的那些拙劣玩意儿。

真正的风雅，是"朴而不俗、直而不拙"，即物品乍看上去朴素直白，其实细细琢磨，便可窥见工匠独特的巧思设计。这样的物品既有造物本身的新奇，又做工精致，其雅致藏在细节中。

这个普遍真理是，写文章，要写出自己的真情和独特的感受。

何为措辞风雅？曹雪芹把答案告诉了我们。对于青少年来说，《红楼梦》就是真正的雅文化，品读《红楼梦》这部小说，潜移默化、不知不觉、轻轻松松地上了一场场专业的美育课。

妙笔话考点

这些年，我不止一次看到有些网友在古诗词歌曲下面评论说，李白、杜甫、李清照文笔差。这些网友，往往是中小学生。当下有些中小学语文教育，仍然把堆砌辞藻、空洞无物的描写当成好句。滥用形容词、副词，搞一堆所谓的优美描写，这是误导了孩子们。而出现这种情况，恰恰是因为很多教育工作者自己也不知道什么是好文笔。

真正的好文笔，言之有物，合乎情理，能够触动心灵，给人以启发，文风生动活泼，绝不装腔作势。只有这样，才是真正的高雅好文笔。

诗句芬芳 锦心绣口

　　入泥怜洁白，匝地惜琼瑶。——《芦雪庵争联即景诗》（《红楼梦》第五十回）

　　"入泥"二句意谓白雪落入污泥，犹如琼瑶（美玉）抛撒遍地，令人惋惜。匝：周；遍。

陆游用的"凹"字，到底俗不俗

 原文采撷

第四十八回 香菱笑道："我只爱陆放翁的诗'重帘不卷留香久，古砚微凹聚墨多'，说的真有趣！"黛玉道："断不可看这样的诗。你们因不知诗，所以见了这浅近的就爱，一入了这个格局，再学不出来的。……"

第七十六回 湘云笑道："这山上赏月虽好，终不及近水赏月更妙。你知道这山坡底下就是池沿，山坳里近水一个所在就是凹晶馆。可知当日盖这园子时就有学问。这山之高处，就叫凸碧；山之低洼近水处，就叫作凹晶。这'凸''凹'二字，历来用的人最少。如今直用作轩馆之名，更觉新鲜，不落窠臼。可知这两处一上一下，一明一暗，一高一矮，一山一水，竟是特因玩月而设此处。有爱那山高月小的，便往这里来；有爱那皓月清波的，便往那里去。只是这两个字俗念作'洼''拱'二音，便说俗了，不大见用，只陆放翁用了一个'凹'字，说'古砚微凹聚墨多'，还有人批他俗，岂不可笑。"林黛玉道："也不只放翁才用，古人中用者太多。如江淹《青苔赋》，东方朔《神异经》，以至《画记》上云张僧繇画一乘寺的故事，不可胜举。只是今人不知，误作俗字用了。实和你说罢，这两个字还是我拟的呢。……"

写作
要立意高，有大格局

《红楼梦》是一部妙不可言的小说，它写出了活生生的人。陆放翁，就是宋代著名诗人陆游。同一句诗，林黛玉教香菱写诗的时候，说陆游这句浅近；到了和史湘云中秋联句，议论诗歌当中用的字词时，又附和了史湘云的一半说法。

史湘云认为"凹""凸"这两个字，并不俗，而且是可以用得别致新鲜的。这两个字平时被大众念成了"洼""拱"，有人批陆游俗，是很可笑的。

林黛玉认同史湘云说的这两个字不俗，同时纠正了史湘云"历来很少有人用"的说法，直接拿出证据：江淹的《青苔赋》，东方朔的《神异经》以及张僧繇的故事中都用过。

除了林黛玉提到的，还有白居易的"石凹仙药臼，峰峭佛香炉"。

凹晶馆和凸碧堂，正是林黛玉取的名字。可见林黛玉也用"凹"

字，而且用得不落窠臼，让史湘云赞赏有加。

对比之下，我们就看明白了。首先，"凹""凸"两个字肯定不俗。其次，林黛玉不是觉得陆游用"凹"字俗，而是觉得那样的诗太浅近，格局小。

什么是大格局？古人也有过争议，最后达成共识——汉唐气象。

什么叫汉唐气象呢？就拿林黛玉推荐的王维诗集来说，就让香菱敏锐地感知到了唐代大诗人王维的魅力。

📖 原文采撷

第四十八回 香菱笑道："我看他《塞上》一首，那一联云：'大漠孤烟直，长河落日圆。'想来烟如何直？日自然是圆的。这'直'字似无理，'圆'字似太俗。合上书一想，倒像是见了这景的。若说再找两个字换这两个，竟再找不出两个字来。再还有'日落江湖白，潮来天地青'，这'白''青'两个字也似无理。想来，必得这两个字才形容得尽，念在嘴里倒像有几千斤重的一个橄榄。还有'渡头馀落日，墟里上孤烟'，这'馀'字和'上'字，难为他怎么想来！我们那年上京来，那日下晚便湾住船，岸上又没有人，只有几棵树，远远的几家人家作晚饭，那个烟竟是碧青，连云直上。谁知我昨日晚上读了这两句，倒像我又到了那个地方去了。"

香菱初学诗，在书里，还没有谈到李白、杜甫。如果谈李白的格局，我们的感受更加直观。他的随便摘几句，就能征服我们。"音尘绝，西风残照，汉家陵阙。""君不见黄河之水天上来，奔流到海不复回。""天上白玉京，十二楼五城。仙人抚我顶，结发受长生。""长风破浪会有时，直挂云帆济沧海。"……如果心中没有大的格局，是不可能写出这样的诗的。

还有杜甫。无数人写过登楼台，杜甫下笔则是"无边落木萧萧下，不尽长江滚滚来。万里悲秋常作客，百年多病独登台"。

一瞬间，你就仿佛在天地之间独行。孤身一人，登上高台，仰望苍穹，俯瞰广袤大地，眼前是无边无垠的树木凋零的落叶，是绵绵不绝滚滚而来的江水。大风吹过你染霜的白发，千万里的悲秋之情涌上心头，这就是真正的百年孤独。

直击广大世界，叩问浩瀚宇宙，这就是气象。还有"安得广厦千万间，大庇天下寒士俱欢颜"，他们不只关心自己，更关心整个天下。

再往前追溯，比如曹操的"日月之行，若出其中；星汉灿烂，若出其里"，何其雄浑大气！

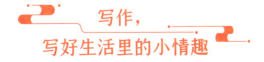

写作，写好生活里的小情趣

其实，陆游也是大诗人，写出了很多好诗。那句"古砚微凹聚墨多"，出自他晚年写的《书室明暖，终日婆娑其间，倦则扶杖至小园，戏作长句》之二：

> 美睡宜人胜按摩，江南十月气犹和。
> 重帘不卷留香久，古砚微凹聚墨多。
> 月上忽看梅影出，风高时送雁声过。
> 一杯太淡君休笑，牛背吾方扣角歌。

陆游的一生，是愤慨悲情的一生。他忧国忧民，报国无门，但也有一段时光，歇息休养，写下了这样的生活小记录。睡了个好觉，比按摩还舒服。江南的十月，天气温和宜人，才有了这么浅近的诗。有闲情逸致的时候，就注意到了帘子没卷起来，香气更加持久，古董砚台用过一段时间，中间微微凹下去，墨水聚集得更多。

无数人使用笔墨纸砚写字，无数人看到了"古砚微凹"这个细微现象，但没人写出来过。人人眼前有，个个笔下无。晚唐李商隐也写过"拂砚轻冰散，开尊绿酎浓"，都是生活里的小情趣。

这首诗既没有深刻思想和宏大意境，也没有浓烈感情和动人咏叹，纯粹就是游戏笔墨，自娱自乐。诗人的标题里都直接说了是"戏作"。

除了"古砚微凹"，陆游还写过"若论此时吟思苦，纵磨铁砚也成凹"。他对砚台凹了这个细节，挺执着的。

陆游的这种诗，当然不能跟他的那些让人刻骨铭心的代表作去比较，更加没法跟汉唐大诗人的作品去比了。其实李白、杜甫这样的顶尖诗人，一样有极少数无聊的应酬小诗存世，只不过大家没兴趣去提。

学写作，先看名家大手笔，目的就在于建立起好的审美习惯，接受大格局的熏陶，开阔胸襟，拔高立意。

有了大格局之后，才能深入浅出，以小见大。哪怕是写吃螃蟹这样的小事，也能寓大意于其中。

妙笔话考点

联系周总理的那句名言"为中华之崛起而读书"，就能发现，格局有多大，写的东西就有多恢宏。毛主席的诗词同样有这种气度："怅寥廓，问苍茫大地，谁主沉浮？……恰同学少年，风华正茂；书生意气，挥斥方遒。指点江山，激扬文字，粪土当年万户侯。"

历史上著名的东林书院的那副对联"风声雨声读书声声声入耳，家事国事天下事事事关心"，也是鼓舞人立大志，开阔胸怀的例子。多读这样的诗词，才能打开心胸格局。

诗句芬芳 锦心绣口

眼前道路无经纬，皮里春秋空黑黄。——薛宝钗（《红楼梦》第三十八回）

"眼前"句：说螃蟹横行，从不管眼前道路的纵横。经纬：这里指纵横、法度。"皮里"句：说蟹壳里仅有黑的膏膜和黄的蟹黄而已，讽寓世人心黑意险。

原文采撷

第四十八回　　黛玉道："……若是果有了奇句，连平仄虚实不对都使得的。"香菱笑道："怪道我常弄一本旧诗偷空儿看一两首，又有对的极工的，又有不对的，又听见说'一三五不论，二四六分明'。看古人的诗上亦有顺的，亦有二四六上错了的，所以天天疑惑。如今听你一说，原来这些格调规矩竟是末事，只要词句新奇为上。"黛玉道："正是这个道理。词句究竟还是末事，第一立意要紧。若意趣真了，连词句不用修饰，自是好的，这叫做'不以词害意'。"

　　林黛玉教香菱写诗，不仅具体指导了如何读诗，还从审美的高度谈了如何写好诗，从而解答了香菱的疑问：为什么有的好诗对仗并不工整？

　　写诗本来是讲究格律的，但在《红楼梦》里，林黛玉戳破了窗户纸——立意才是写作的灵魂。

要解决措辞是否雅致的问题，最重要的还是文章的立意。

创作贵在善翻古人之意

林黛玉这个奇女子，借着古代五位奇女子的人生故事，表达自己的思想态度，写了《五美吟》。其实我们能够看出，小说的作者有点技痒了，在借林黛玉这个故事人物，表达自己的历史观念。

原文采撷

第六十四回

西施

一代倾城逐浪花，吴宫空自忆儿家。

效颦莫笑东村女，头白溪边尚浣纱。

虞姬

肠断乌骓夜啸风，虞兮幽恨对重瞳。

黥彭甘受他年醢，饮剑何如楚帐中。

明妃

绝艳惊人出汉宫，红颜命薄古今同。

君王纵使轻颜色，予夺权何畀画工？

绿珠

瓦砾明珠一例抛，何曾石尉重娇娆。

都缘顽福前生造，更有同归慰寂寥。

红拂

长揖雄谈态自殊，美人具眼识穷途。

尸居馀气杨公幕，岂得羁縻女丈夫。

这五首诗，赢得了薛宝钗的击节称赞。

西施是春秋时期的美女。她生长在今浙江省诸暨市，传说中她自幼随母在家乡的溪畔浣纱。越王勾践把西施献给了敌人吴王夫差，让吴王沉迷美色，促成吴国灭亡。林黛玉在诗里表达了西施具有倾国倾城的美貌，却沉江而死。徒留在吴国宫殿里被宠爱的记忆。西施家乡还有个丑女孩东施，曾经模仿美女西施一颦一笑，被大家笑话。西施虽然美貌，却在吴越两国斗争里牺牲了，效颦的东施却长命百岁，还能活着浣纱。

虞姬那首诗讽刺得尤其赤裸裸。第二句直接说"黥彭甘受他年醢，饮剑何如楚帐中"。开国功臣被杀戮，"狡兔死，良狗烹"，还不如虞姬自刎呢！

原文采撷

第六十四回　　宝钗亦说道："做诗不论何题，只要善翻古

177

人之意。若要随人脚踪走去，纵使字句精工，已落第二义，究竟算不得好诗。即如前人所咏昭君之诗甚多，有悲挽昭君的，有怨恨延寿的，又有讥汉帝不能使画工图貌贤臣而画美人的，纷纷不一。后来王荆公复有'意态由来画不成，当时枉杀毛延寿'；永叔有'耳目所见尚如此，万里安能制夷狄'。二诗俱能各出己见，不与人同。今日林妹妹这五首诗，亦可谓命意新奇，别开生面了。"

薛宝钗的话，其实是顺着林黛玉的诗展开创作谈的。这跟第四十八回里林黛玉说的"词句终究还是末事，第一立意要紧"，看法一致。

林黛玉的诗，就好在"命意新奇，别开生面"，有她独特的见解。

王昭君是湖北秭归人，是中国古代四大美女之一，有着"昭君出塞"的故事。《西京杂记》中记载，当时宫廷画师毛延寿为宫女画像，汉元帝按画像召幸宫女。宫女们争相贿赂毛延寿，唯独王昭君不愿行贿。毛延寿就把她画得很丑，她因而不为元帝所召见。后来她被遣出塞，远嫁匈奴。

王荆公就是王安石。他认为美人的美——最精妙的神态本来就画不出，怪不了画工毛延寿。永叔即欧阳修则认为，皇帝平时的判断力都那么差，哪有能力万里之外制服外敌呢。

王昭君和亲，到底是汉代皇帝太无能，忍受屈辱让其和亲，还是汉代皇帝昏庸，被画工毛延寿一时蒙蔽，不在乎王昭君这么一个后宫女子？这历来是人们争论不休的话题。从杜甫到王安石、欧阳修、苏东坡，翻案文章一大堆，再到曹雪芹，都关心着这个大主题。

林黛玉翻新了主题。她认为红颜薄命古今相同，汉元帝即使不重视美色，又为什么要把裁决权交给一个画工呢？归根结底，皇帝是昏庸的，所以大权旁落。

西晋的巨富石崇有个宠爱的姬妾绿珠，长得特别美丽，还擅长吹笛。大将军孙秀就看上了绿珠，找石崇要人。石崇舍不得给，拒绝了孙秀。孙秀大怒，就假传皇帝的命令，抓捕了石崇。石崇就对绿珠说，我为了你得罪了大人物。绿珠就哭着跳楼了。林黛玉在诗里表达了一个态度，石崇有绿珠同生共死，也是一种缘分。

红拂女，就更加直接了。她一眼看出李靖是个人才，就随他一起闯天下。李靖后来成为唐朝的开国元老。这首诗讽刺了世家门阀尸位素餐，难免改朝换代。

只要你能自圆其说 就有道理

古人在搞创作的时候，和林黛玉是一样的。

谢玄晖也就是南朝著名山水诗人谢朓。他写过一首《晚登三山还望京邑》，里面的名句是"余霞散成绮，澄江静如练"，比喻澄静的江水宛如白色的布绢，平平整整又光滑洁白。

唐代的李白很喜欢这句，怀古思幽，引用了谢朓的诗，"解道澄江静如练，令人长忆谢玄晖"。黄庭坚是宋代人，他其实不是不喜欢李白的诗，只是想写出自己的新意，"凭谁说与谢玄晖，休道澄江静如练"。

王籍写了"蝉噪林愈静，鸟鸣山更幽"，王安石就说："茅檐相对坐终日，一鸟不鸣山更幽。"

神秀的诗偈是："身是菩提树，心如明镜台。时时勤拂拭，莫使有尘埃。"六祖慧能就更高一筹："菩提本无树，明镜亦非台。本来无一物，何处染尘埃？"

秋天草木凋零，万物萧瑟，令人愁闷。但刘禹锡的《秋词》反其道而行之："自古逢秋悲寂寥，我言秋日胜春朝。晴空一鹤排云上，便引诗情到碧霄。"

王之涣写了"羌笛何须怨杨柳，春风不度玉门关"，李白就来了一句"长风几万里，吹度玉门关"。

我们这些读诗的人，若搞懂了写诗人的心理，也会忍俊不禁。他们的诗情，既有一较高下的攀比心，也有别出心裁的好胜心。

文人写东西，最不愿意鹦鹉学舌。

就像李白看见了黄鹤楼上崔颢的诗，只好搁笔。他心中不爽快，因为"眼前有景道不得，崔颢题诗在上头"。

如果没有更加新奇好玩的角度、更加新颖的话题，那就只能服输。谁让崔颢写得太好了呢！

从古到今那些绝妙诗句，并不是从天上掉下来的，一代人这样写，另外一代人那样写，才有了那么多精彩绝伦的篇章。文学艺术原本就没有统一的审美，"公说公有理，婆说婆有理"，只要你能自圆其说，就都有道理。

李白的《侠客行》写了"事了拂衣去，深藏身与名"，潇潇洒洒，这种侠客的风度举世无双，令人神往。

元稹写了"同题作文"，也叫《侠客行》，偏偏要跟李白反着来："侠客不怕死，怕在事不成。事成不肯藏姓名。"

是啊！做出了轰轰烈烈的大事业，当然要高调彰显；否则，岂不是太寂寞？

清代的袁枚在《随园诗话》里说"诗贵翻案"，跟《红楼梦》里的话对照来看，就会发现其实千百年来文人们已经普遍达成共识。

创作的乐趣，就在于此。

妙笔话考点

我建议青少年写作要提前做好功课。古调新唱，即把古人的经典翻新，才别具风味。当然了，想创新，先传承。中国的传统古诗词、古典小说文化里，有无数的好东西，等着后人消化吸收、传承，并使之重新焕发光彩。

想要提高自己的翻案创新能力，可以这么做：把古今中外的优秀文章，找几十篇出来读通，再练习写一写翻案的文章。比如孟子的文章，雄辩滔滔，你若要反驳只要能找到相关的证据例子，有理有据，自圆其说，写出的就是好文章。也可以这么做：把各大报纸刊登的时文评论找出来，试着写文章反驳看看。

诗句芬芳 锦心绣口

绿蜡春犹卷，红妆夜未眠。——贾宝玉《怡红快绿》（《红楼梦》第十七回至十八回）

上句说春天蕉叶卷而未舒，犹如翠烛；下句写海棠入夜犹开，像少女未眠。

如果请曹雪芹开书单

在本书当中，我介绍了名著的读法，其中有"顺藤摸瓜"法。那就是名著里出现的好书，我们也找来读。

曹雪芹的《红楼梦》中，就出现了许多其他图书中的内容。其中有些书，被引用的频率特别高。既然这部伟大的小说都重点参考这些书了，那也值得我们去好好读一读。

现在，我们请曹雪芹客串一下导购员，帮我们开一下书单吧。

那些影响了
《红楼梦》的著作

《西厢记》《牡丹亭》《千家诗》《庄子》《水浒传》《推背图》《楚辞》《金瓶梅》《长生殿》等等。

《红楼梦》涉及许多谈情的情节，深受《西厢记》影响。

原文采撷

第二十三回　　宝玉道："好妹妹，若论你，我是不怕的。你看了，好歹别告诉别人去。真真这是好书！你要看了，连饭也不想吃呢。"一面说，一面递了过去。林黛玉把花具且都放下，接书来瞧，从头看去，越看越爱看，不到一顿饭工夫，将十六出俱已看完，自觉词藻警人，馀香满口。虽看完了书，却只管出神，心内还默默记诵。

贾宝玉读了，还建议林黛玉也读。男女主角联袂推荐的《西厢记》，当然得列入曹雪芹的书单。

《西厢记》这部作品，是元代王实甫创作的杂剧，讲述的是书生张生与相国小姐崔莺莺，在侍女红娘的帮助下，冲破礼教，追求真爱的故事。

大家看看，没有人让林黛玉熟读并背诵全文或者重点段落，但林妹妹情不自禁一顿饭的工夫就看完了这本书，心里还默默记诵下来。

《红楼梦》第二十三回的回目，就叫"西厢记妙词通戏语，牡丹亭艳曲警芳心"，可想而知，曹雪芹写的这部小说，与《西厢记》是血脉相通的。与《西厢记》并列的那部《牡丹亭》，同样如此。

《牡丹亭》是明代剧作家汤显祖创作的传奇剧本，讲述的是官宦人家的小姐杜丽娘，在梦中遇到书生柳梦梅，一见钟情，求而不得，得了相思病去世，死后葬于梅花庵。书生柳梦梅赶考路过梅花庵，与杜丽娘的魂魄相逢，杜丽娘竟然起死回生，与柳梦梅永结同心。

曹雪芹直接把这两部戏剧写到小说里，变成故事情节，甚至让它们成为贾宝玉和林黛玉的爱情启蒙读物。

第十七回，宝玉所引"曲径通幽处"出自唐代诗人常建的《题破山寺后禅院》。

第二十回，黛玉所忆"水流花谢两无情"出自唐代诗人崔涂的《旅怀》。

第四十回，宝钗所引"双双燕子语梁间"出自宋代诗人刘季孙的《题饶州酒务厅屏》。

第六十二回，湘云所引的"江间波浪兼天涌"，宝钗所引的"丛菊两开他日泪"都出自唐代诗人杜甫的《秋兴》；宝玉与宝钗"射覆"所引的"敲断玉钗红烛冷"出自南宋诗人郑会的《题邸间壁》。

第六十三回"寿怡红群芳开夜宴"，大观园的姐妹们玩占花名游戏，掣出的花名签，都是出自唐宋诗人的诗句。比如探春的"日边红杏倚云栽"出自唐代诗人高蟾的《上高侍郎》，李纨的"竹篱茅舍自甘心"出自宋代王淇的《梅》，湘云的"只恐夜深花睡去"出自宋代大文豪苏轼的《海棠》。麝月的"开到荼蘼花事了"出自宋代诗人王淇的《春暮游小园》，香菱的"连理枝头花正开"出自宋代女诗人朱淑贞的《惜春》（一作《落花》），袭人的"桃红又是一年春"出自宋代诗人谢枋得的《庆全庵桃花》。

而这些诗，全部出现在清代初期盛行的《千家诗》中。这是一本唐宋诗歌的精选集，历史上有两个版本。

一个版本是由宋代的谢枋得选编的《重订千家诗》，里面收录的都是七言律诗。另外一个版本就是明代王相单独选编的《五言千家诗》。后来的书坊，类似我们现在的出版社，把两个版本合并了。《千家诗》说是千家，其实只选了一百二十多位诗人的诗。清代以来小孩子读书启蒙，都绕不开这本书。

关于庄子，《红楼梦》里还专门有一章的情节，说的是贾宝玉读了《南华经》即《庄子》后半懂不懂，被林黛玉笑话了。

在《红楼梦》第二十二回中，贾府给薛宝钗过生日，薛宝钗就点了一出《山门》。这出戏剧讲的是鲁智深路见不平，出手帮助被欺凌的金翠莲妇女，三拳打死欺男霸女的镇关西。为了躲避官府的缉捕，跑到五台山文殊院出家。然而文殊院的人讨厌鲁智深，要赶他走。于是鲁智深醉酒后大闹文殊院山门。倪二和鲁智深看起来有点像，看起来粗鲁江湖气，却挺仗义。贾芸只是个没权没势没钱的贾家边缘子弟，倪二却肯仗义借钱给他。

《红楼梦》里金陵十二钗的判词、图画，是曹雪芹跟《推背图》学的把戏。脂砚斋有一段眉批："世之好事者，争传《推背图》之说。想前人断不肯煽惑愚迷，即有此说，亦非常人供谈之物。此回悉借其法，为儿女子数运之机，无可以供茶酒之物，亦无干涉政事。真奇想奇笔。"

《推背图》用一些玄之又玄的句子和图预言历史，任何人都能自由发挥，穿凿附会，并不靠谱。但这种表达手法很吸引人，曹雪芹就借来一用，增加了小说的宿命感。

在这里我只提了对曹雪芹影响比较大的重要作品，还有一些次要的著作就不展开了，感兴趣的读者可以自己去进一步了解。

曹雪芹特别欣赏的那些文人

小说里林黛玉列出了必读的文人，李白、杜甫、王维、陶渊明、应玚、谢灵运、阮籍、庾信、鲍照。此外，我们还须重点关注一下唐寅、屈原、李商隐、金圣叹。

曹雪芹特别喜欢明代文人唐寅，多次引用、化用唐寅的诗和他的人生故事。

第二回，贾雨村点评古今传奇人物，在"其聪俊灵秀之气，则在千万人之上""应运而生的逸士高人"这一类中，就有唐寅。

第五回，宝玉梦入太虚幻境，在秦可卿的卧房中，看到了唐寅的《海棠春睡图》。

林黛玉葬花，就化用了唐寅晚年的故事，"居桃花庵，轩前庭半亩，多种牡丹。花开时，邀文征明、祝枝山赋诗浮白其下，弥朝浃夕，有时大叫恸哭。至花落，遣小僮一一细拾，盛以锦囊，葬于药栏东畔，并作《落花诗》送之"。

　　林黛玉的《葬花吟》，更是直接套用了唐寅的《花下酌酒歌》。《葬花吟》中的许多诗句是从《花下酌酒歌》中化用的。比如"明媚鲜妍能几时"化用自唐寅的"枝上花开能几日"，"侬今葬花人笑痴，他年葬侬知是谁""桃李明年能再发，明年闺中知有谁"袭自唐寅诗"今日花开又一枝，明日来看知是谁"。

　　"一年三百六十日，风刀霜剑严相逼"则化用唐寅诗《一年歌》中的"一年三百六十日，春夏秋冬各九十；冬寒夏热最叹当，寒则如刀热如炙"。

📖 原文采撷

　　第七十八回　　独有宝玉一心凄楚，回至园中，猛然见池上芙蓉，想起小丫鬟说晴雯作了芙蓉之神，不觉又喜欢起来，乃看着芙蓉嗟叹了一会。忽又想起死后并未到灵前一祭，如今何不在芙蓉前一祭，岂不尽了礼，比俗人去灵前祭吊又更觉别致。

　　想毕，便欲行礼。忽又止住道："……我又不希罕那功名，不为世人观阅称赞，何必不远师楚人之《大言》《招魂》《离骚》《九辩》《枯树》《问难》《秋水》《大人先生传》等法，或杂参单句，或偶成短联，或用实典，或设譬寓，随意所之，信笔而去，喜则以文为戏，悲则以言志痛，辞达意尽为止，何必若世俗之拘拘于方寸之间哉。"

贾宝玉悼念晴雯，写下了一篇《芙蓉女儿诔》，还准备了四样晴雯所喜之物，在夜月下，命小丫头捧至芙蓉花前，行礼后，流着泪念诵诔文。

《芙蓉女儿诔》化用了屈原诗歌的许多精髓。小说里没有直接点明，但把屈原、庄子的代表作，逐一列举出来，还直接说了"远师楚人"。屈原正是楚国人，现在的湖北秭归人，也是中国文学的老祖宗。贾宝玉这话的意思，就是学习屈原。

原文采撷

第四十回 宝玉道："这些破荷叶可恨，怎么还不叫人来拔去。"宝钗笑道："今年这几日，何曾饶了这园子闲了，天天逛，那里还有叫人来收拾的工夫。"林黛玉道："我最不喜欢李义山的诗，只喜他这一句：'留得残荷听雨声'。偏你们又不留着残荷了。"宝玉道："果然好句，以后咱们就别叫人拔去了。"

李义山，也就是李商隐。当我们熟读了《红楼梦》，了解了小说的风格、其中人物的脾气之后，就知道林黛玉常常口是心非。林黛玉嘴上说最不喜欢李商隐的诗，面对秋天的枯菱荷叶，却脱口而出李商隐的诗。强烈的热爱与强烈的厌恶，恰是一个人情感的两面。李商隐身世凄凉，所写情诗晦涩缠绵，恐怕戳中了林黛玉的软肋。

第六十二回中，香菱道："前日我读岑嘉州五言律，现有一句说

'此乡多宝玉'，怎么你倒忘了？后来又读李义山七言绝句，又有一句'宝钗无日不生尘'，我还笑说他两个名字都原来在唐诗上呢。"

第十五回中，北静王向贾政夸奖贾宝玉说："令郎真乃龙驹凤雏，非小王在世翁前唐突，将来'雏凤清于老凤声'，未可量也。"此处引用的也是李商隐的诗。

《红楼梦》里有两句比较出彩的诗，史湘云出"寒塘渡鹤影"，林黛玉对"冷月葬花魂"。"葬花魂"出自《午梦堂集·续窈闻记》中"泐大师"与才女叶小鸾亡灵的对话，叶小鸾的答话里有一句诗"戏捐粉盒葬花魂"。泐大师，就是金圣叹。

金圣叹是明末清初著名的文学评论家，他以评点《水浒传》《西厢记》等经典名著而闻名天下，还喜欢研究命理。我们现代人知道，不存在什么鬼魂，那些诗句其实就是金圣叹自己创作的。

以上这些都是曹雪芹读过的好书。这份书单，有助于我们读懂《红楼梦》。

博览群书和顺藤摸瓜并不矛盾，一个人往往就是在顺藤摸瓜的过程中，读了各式各样的杂书。读书凭兴趣，才能享受到快乐，才能读得多，才能真正实现读书破万卷。破了万卷之后，才知道自己最感兴趣的是什么，从此就专一研究下去，抵达精通的境界。

妙笔话考点

　　顺藤摸瓜读书法，使我们可以借助高手的眼光挑选好书，节省很多力气，我们就不必像大海捞针一样。比如我自己，是通过村上春树的小说《挪威的森林》知道了菲茨杰拉德的小说《了不起的盖茨比》。

　　不同的著作有不同的优点，曹雪芹博采众长，成就了巨著《红楼梦》。兴趣是最好的引导，我们阅读时要尊重自己的兴趣。喜欢看的书，要多看一看。量变最终会引起质变，令你的文章脱胎换骨。

诗句芬芳 锦心绣口

　　菱荇鹅儿水，桑榆燕子梁。——《杏帘在望》（《红楼梦》第十七回至十八回）

　　菱荇：菱角、荇菜。上句说鹅儿在长着菱荇的水面上嬉戏。下句意思是燕子飞越桑榆之间，忙忙碌碌地在梁上筑巢。

创作，要符合当时的社会风俗

原文采撷

第二十五回　　凤姐道："前儿我打发了丫头送了两瓶茶叶去，你往那去了？"林黛玉笑道："哦，可是倒忘了，多谢多谢。"凤姐儿又道："你尝了可还好不好？"没有说完，宝玉便说道："论理可倒罢了，只是我说不大甚好，也不知别人尝着怎么样。"宝钗道："味倒轻，只是颜色不大好些。"凤姐道："那是暹罗进贡来的。我尝着也没什么趣儿，还不如我每日吃的呢。"林黛玉道："我吃着好，不知你们的脾胃是怎样？"宝玉道："你果然爱吃，把我这个也拿了去吃罢。"凤姐笑道："你要爱吃，我那里还有呢。"林黛玉道："果真的，我就打发丫头取去了。"凤姐道："不用取去，我打发人送来就是了。我明儿还有一件事求你，一同打发人送来。"

林黛玉听了笑道："你们听听，这是吃了他们家一点子茶叶，就来使唤人了。"凤姐笑道："倒求你，你倒说这些闲话，吃茶吃水的。你既吃了我们家的茶，怎么还不给我们家作媳妇？"
众人听了一齐都笑起来。林黛玉红了脸，一声儿不言语……

吃了我们家的茶，
该给我们家做媳妇

在第二十五回当中，有一个世情风俗习惯，那就是"茶礼"。

王熙凤把暹罗好茶送了两瓶给林黛玉，同时有事找林黛玉办，林黛玉就开玩笑：这茶叶不是白吃的，还要帮忙办事。王熙凤就调侃反击：吃了我们家的茶，该给我们家做媳妇。

传统婚姻习俗中的"奉茶""交杯茶"等仪式，叫作"茶礼"。男方托媒人向女方家下聘时，聘礼中是必须有茶叶的。所以，中国老式民俗里，也把女子受聘叫"受茶"，聘礼也称为"茶礼"。

在《元曲选·包待制智赚生金阁》里就有这样的对白："我大茶小礼，三媒六证，亲自娶了个夫人。"

下聘为什么要用茶叶呢？这也是有原因的。

明朝许次纾在《茶疏·考本》中言："茶不移本，植必子生，古人结昏必以茶为礼，取其不置子之意也。"同时代的郎瑛也写过："种茶下籽，不可移植，移植则不复生也。"

在古人看来，茶树是不能移植的，用此比喻忠贞专一。同时，茶树种下以后必然结籽，喻为多子多孙。这正好符合古人对婚姻的期望，因此茶在婚姻中就有了重要的象征意义。

　　曹雪芹写王熙凤拿茶叶开玩笑，完全吻合古代婚嫁习俗。又因为林黛玉和贾宝玉相爱的事情，在贾府里，尽人皆知，林妹妹和宝玉很可能成为夫妻，大家都心里有数，所以王熙凤才故意拿这件事开玩笑。

了解社会知识，创作应符合时代特点

原文采撷

　　第一回　　士隐知投人不着，心中未免悔恨，再兼上年惊唬，急忿怨痛，已有积伤，暮年之人，贫病交攻，竟渐渐的露出那下世的光景来。

　　可巧这日拄了拐杖挣挫到街前散散心时，忽见那边来了一个跛足道人，疯癫落脱，麻屣鹑衣，口内念着几句言词，道是：世人都晓神仙好，惟有功名忘不了！古今将相在何方？荒冢一堆草没了。……士隐便说一声"走罢！"将道人肩上褡裢抢了过来背着，竟不回家，同了疯道人飘飘而去。当下烘动街坊，众人当作一件新闻传说。

　　第六十六回　　湘莲警觉，似梦非梦，睁眼看时，那里有薛家小童，也非新室，竟是一座破庙，旁边坐着一个跏腿道士捕虱。湘莲便起身稽首相问："此系何方？仙师仙名法号？"道士笑道："连我也不知道此系何方，我系何人，不过暂来歇足而已。"柳湘莲听了，不觉冷然如寒冰侵骨，掣出那股雄剑，将万根烦恼丝一挥而尽，便随那道士，不知往那里去了。

　　第二十五回　　看看三日光阴，那凤姐和宝玉躺在床上，益发连气都将没了。合家人口无不惊慌，都说没了指望，忙着将他二人的后世的衣履都治备下了。贾母、王夫人、贾琏、平儿、袭人这几个人更比诸人哭的忘餐废寝，觅死寻活。赵姨娘、贾环等自是称愿。

　　……

　　正闹的天翻地覆，没个开交，只闻得隐隐的木鱼声响，念了一句："南无解冤孽菩萨。有那人口不利，家宅颠倾，或逢凶险，或中邪祟者，我们善能医治。"贾母、王夫人听见这些话，那里还耐得住，便命人去快请进来。贾政虽不自在，奈贾母之言如何违拗；想如此深宅，何得听的这样真切，心中亦希罕，命人请了进来。众人举目看时，原来是一个癞头和尚与一个跛足道人。

　　第三回　　黛玉道："我自来是如此，从会吃饮食时便吃药，到今日未断，请了多少名医修方配药，皆不见效。那一年我三岁时，听得说来了一个癞头和尚，说要化我去出家，我父母固是不从。他又说：'既舍不得他，只怕他的病一生也不能好的了。若要好时，除非从此以后总不许见哭声；除父母之外，凡有外姓亲友之人，一概不见，方可平安了此一世。'疯疯癫癫，说了这些不经之谈，也没人理他。如今还是吃人参养荣丸。"

贾母道："正好，我这里正配丸药呢。叫他们多配一料就是了。"

第七回　　宝钗听了便笑道："再不要提吃药。为这病请大夫吃药，也不知白花了多少银子钱呢。凭你什么名医仙药，从不见一点儿效。后来还亏了一个秃头和尚，说专治无名之症，因请他看了。他说我这是从胎里带来的一股热毒，幸而先天壮，还不相干；若吃寻常药，是不中用的。他就说了一个海上方，又给了一包药末子作引子，异香异气的，不知是那里弄了来的。他说发了时吃一丸就好。倒也奇怪，吃他的药倒效验些。"

　　高阶的作品，往往体现出世态万象、人情世故。多读几次《红楼梦》，我们会发现，很多情节设定，都有着特定的规律，是按照社会风俗习惯来写的。

　　家破人亡的甄士隐看破红尘，跟着疯道人跑掉了。俊俏的公子哥柳湘莲，跟着瘸腿道士走了。

　　要度化林黛玉的是癞头和尚，给薛宝钗冷香丸药方的也是和尚。

　　马道婆拿了赵姨娘的银子，帮赵姨娘铲除敌人。贾宝玉和王熙凤被马道婆的妖术祸害，奄奄一息的时候，癞头和尚和跛足道人同时来了。

　　在这部小说中，癞头和尚出场时，往往跟女性角色有关；而男性角色有事情，则是道人出来。这是为什么呢？

原来，在中国古代社会，有一个约定俗成的习惯——"僧度女，道度男"。

如果是男女人物角色同时有事，那就僧、道一起出场。

至于贾宝玉，从一开始就是和尚、道士同时出场，茫茫大士、渺渺真人一起送他到凡尘来。首先当然是主角光环。其次，贾宝玉气质上有些雌雄同体，也符合传统习俗。贾宝玉有脂粉气，爱在丫头里厮混，体贴入微，不像别的男人。还喜欢说女儿是水做的，男人是泥巴做的。

贾母谈到孙子宝玉时说过一句话："想必原是个丫头错投了胎不成！"

为什么会有这样的习俗呢？

我们还可以看看正面描写的例子。清虚观的张道士，就是贾宝玉爷爷的替身，是用来保佑平安的。栊翠庵的妙玉本是官宦世家的小姐，但她和林黛玉一样，从小体弱多病，求医问药就是治不好，最后听从和尚的话，出家进了佛门，即使她只是带发修行，并未真正剃度，病也好了。还有惜春，作者给她的判词是"可怜绣户侯门女，独卧青灯古佛旁"。

我们从道家和佛门的特点来分析：《红楼梦》里的女性，被封建礼教束缚，容易被感情牵绊，而佛门讲究四大皆空，忘情弃爱，恰好可以解决这一多情问题。道家追求的则是修仙求道，飞升做仙，这是大好事。

所以僧度女，削发为尼，要求女性从此清净，解决女性根本烦恼，根除人生的痛苦。这是在做减法。

道度男，满足的是男性的欲望，功成名就了，继续出家还有更高的追求，当神仙。这是在做加法。

这从本质上反映了封建社会对女性的压迫。男女不平等，就连出家，也是男性更能获得深层的利益。

所以，小说安排贾宝玉最后出家是去当和尚。

写小说是文学创作里难度最大的，既要虚构故事，又要大体上符合人物的时代背景、社会习俗，这样才能达到理想的艺术效果。

我们在写作中，写古人就要了解古代社会知识，写现代人就要了解现代人所处地域的风土人情，避免犯低级错误，贻笑大方。

试想，如果王熙凤送给林黛玉的不是茶叶，而是西瓜，还说吃了我们家的西瓜，为什么不做我们家的媳妇？那就荒唐可笑了。

妙笔话考点

如何避免作品里有硬伤呢？写文章最基本的就是对衣食住行的描写。我们要了解一些瓜果蔬菜进入中国的历史年代，比如土豆在16世纪时已传入中国。要大致了解不同年代的社会风俗习惯。比如，写宋代的故事，可参考《东京梦华录》，里面记载了当时的婚丧嫁娶、酒席宴会、民风民俗、城市建筑、服饰礼仪等细节；还可以参考《清明上河图》，画面给人的感受更加直接。《红楼梦》里有西洋自鸣钟、金西洋自行船，还有怀表、西洋珐琅天使图案鼻烟盒等物品，就充分反映了清朝年间海外货物进入中国的情况。

诗句芬芳 锦心绣口

高柳喜迁莺出谷，修篁时待凤来仪。——薛宝钗《凝晖钟瑞》（《红楼梦》第十七回至十八回）

上句说高高的柳树欢迎黄莺从幽谷中飞来。这里喻元春出深闺进官闱。下句说修长的丛竹时刻等待凤凰的到来。传说凤凰食竹实，呈祥瑞。这里喻元春归省。篁：竹林。修：长。

第五章
红楼梦里的实用写作指导

《红楼梦》里有一场大型现场创作研讨会，即贾宝玉现场搞创作，其他人围观、点评和提出意见。这样的写作教学，在"大观园试才题对额"那一回也有过，但那次贾宝玉年纪还小，写作水平很低。

过了好几年，这次，贾政和一群清客门人集体指导贾宝玉，写出了一首不错的长诗。

我来给大家逐段分析一下。

原文采撷

第七十八回　　彼时贾政正与众幕友们谈论寻秋之胜，又说："快散时忽然谈及一事，最是千古佳谈，'风流隽逸，忠义慷慨'八字皆备，倒是个好题目，大家要作一首挽词。"……

203

……众幕友都叹道："实在可羡可奇，实是个妙题，原该大家挽一挽才是。"说着，早有人取了笔砚，按贾政口中之言稍加改易了几个字，便成了一篇短序，递与贾政看了。贾政道："不过如此。他们那里已有原序。昨日因又奉恩旨，着察核前代以来应加褒奖而遗落未经请奏各项人等，无论僧尼乞丐与女妇人等，有一事可嘉，即行汇送履历至礼部备请恩奖。所以他这原序也送往礼部去了。大家听见这新闻，所以都要作一首《姽婳词》，以志其忠义。"众人听了，都又笑道："这原该如此。只是更可羡者，本朝皆系千古未有之旷典隆恩，实历代所不及处，可谓'圣朝无阙事'，唐朝人预先竟说了，竟应在本朝。如今年代方不虚此一句。"贾政点头道："正是。"

说话间，贾环叔侄亦到。贾政命他们看了题目。……贾政又命他三人各吊一首，谁先成者赏，佳者额外加赏。

既然是写作，就不能盲目动笔，要分析题目是什么意思，出题的人到底想考查什么，这样写出的文章才能够及格。贾政出的题，来自朝廷表彰的典型榜样人物林四娘。所以，这是重大题材，不能像贾环、贾兰那样随便交差。贾兰的是一首七言绝句，贾环的是一首五言律，其实都不符合贾政的期望。

原文采撷

第七十八回 众人道："二爷细心镂刻，定又是风流悲感，不同此等的了。"宝玉笑道："这个题目似不称近体，须得古体，或歌或行，长篇一首，方能恳切。"众人听了，都立身点头拍手道："我说他立意不同！每一题到手必先度其体格宜与不宜，这便是老手妙法。就如裁衣一般，未下剪时，须度其身量。这题目名曰《姽婳词》，且既有了序，此必是长篇歌行方合体的。或拟白乐天《长恨歌》，或拟温八叉《击瓯歌》，或拟李长吉《会稽歌》，或拟咏古词，半叙半咏，流利飘逸，始能尽妙。"

贾宝玉一上来就抓住了关键——先审题。他已经不像几年前那样慌里慌张、毫无经验了。此时他读过的书更多更杂，体会的世态人情更深。

在贾宝玉继续琢磨的时候，清客门人也在旁边帮忙提醒。白乐天就是大名鼎鼎的白居易，温八叉就是著名词人温庭筠，李长吉就是鬼才诗人李贺。叙事和咏怀感叹交织，写作体裁敲定了，才好动笔。

看看，幕宾们连写作的参考对象，都给贾宝玉列出来了。

就连文字风格，这群人也给出了指导意见——要飘逸。

古人写诗所说的飘逸，是有具体典范的。比如杜甫夸奖李白："白也诗无敌，飘然思不群。清新庾开府，俊逸鲍参军。"

原文采撷

第七十八回　　贾政听说，也合了主意，遂自提笔向纸上要写，又向宝玉笑道："如此，你念我写。若不好了，我捶你那肉。谁许你先大言不惭了！"宝玉只得念了一句，道是：

　　　　恒王好武兼好色，

贾政写了看时，摇头道："粗鄙。"一幕宾道："要这样方古，究竟不粗。且看他底下的。"贾政道："姑存之。"

　　贾宝玉果然依葫芦画瓢，这个开头，几乎是照着白居易的《长恨歌》仿写的。白居易的第一句是"汉皇重色思倾国"。

　　《长恨歌》是典型的歌行体，这是中国古典诗歌的一种体裁，属乐府诗一类，在音律上比较灵活自由，主要用来叙事。

　　这些幕友都没什么意见，结果贾政却有了意见，他点评说"粗鄙"。贾政这么说也是有原因的。这对父子的相处模式就是父亲嘴巴上贬低儿子，心里又很喜欢这个风流飘逸、秀色夺目的儿子。贾宝玉小时候抓周抓了胭脂、水粉、钗环，贾政很不开心，担心儿子将来是个"酒色之徒"，这是他的心病。他看见儿子提"好色"两个字，心里就不舒服。有个幕友站出来打圆场，贾政立刻改变态度：姑且先存放着，等看看下文再综合评判。古人文艺美学的原则是"崇古"，学习千年前的唐诗，用歌行体并不粗鄙。

文似看山不喜平，
讲究起承转合

原文采撷

第七十八回　　宝玉又道：

遂教美女习骑射。

秾歌艳舞不成欢，列阵挽戈为自得。

贾政写出，众人都道："只这第三句便古朴老健，极妙。这四句平叙出，也最得体。"贾政道："休谬加奖誉，且看转的如何。"宝玉念道：

眼前不见尘沙起，将军俏影红灯里。

众人听了这两句，便都叫："妙！好个'不见尘沙起'！又承了一句'俏影红灯里'，用字用句，皆入神化了。"宝玉道：

叱咤时闻口舌香，霜矛雪剑娇难举。

众人听了，便拍手笑道："益发画出来了。当日敢是宝公也在座，见其娇且闻其香否？不然，何体贴至此。"宝玉笑道："闺阁习武，任其勇悍，怎似男人。不待问而可知娇怯之形的了。"贾政道："还不快续，这又有你说嘴的了。"

宝玉只得又想了一想，念道：

丁香结子芙蓉绦，

众人都道："转'绦'，'萧'韵，更妙，这才流利飘荡。而

207

且这一句也绮靡秀媚的妙。"贾政写了，看道："这一句不好。已写过'口舌香''娇难举'，何必又如此。这是力量不加，故又用这些堆砌货来搪塞。"宝玉笑道："长歌也须得要些词藻点缀点缀，不然便觉萧索。"贾政道："你只顾用这些，但这一句底下如何能转至武事？若再多说两句，岂不蛇足了。"宝玉道："如此，底下一句转煞住，想亦可矣。"贾政冷笑道："你有多大本领？上头说了一句大开门的散话，如今又要一句连转带煞，岂不心有馀而力不足些。"宝玉听了，垂头想了一想，说了一句道：

　　　　不系明珠系宝刀。

忙问："这一句可还使得？"众人拍案叫绝。贾政写了，看着笑道："且放着，再续。"宝玉道："若使得，我便要一气下去了。若使不得，越性涂了，我再想别的意思出来，再另措词。"贾政听了，便喝道："多话！不好了再作，便作十篇百篇，还怕辛苦了不成！"宝玉听说，只得想了一会，便念道：

　　　　战罢夜阑心力怯，脂痕粉渍污鲛绡。

　　开篇平铺直叙，所以幕宾们评价是古朴老健，也就是老手写文章，学习古人的套路，很稳健的意思。即开门见山，不玩花招。

　　贾宝玉吟到"眼前不见尘沙起，将军悄影红灯里"，众人觉得转得不错。从恒王教美女习武骑射的大场面写起，写出了女兵们的现场特点。

古人沙场征战，人马多，动作幅度大，战况激烈，会扬起沙尘。但宫中女子练兵时，没有什么沙尘扬起，只能看到红灯笼照着身披将军战袍的女子倩影。言外之意，就是好在亭台楼阁间演示花拳绣腿。所以接下来就有了具体的现场细节。美女们练武，呼喊吆喝也是香喷喷的，力气娇弱，自然难以举起重兵器。

这样的描写，虽是贾宝玉想象的现场，但合情合理。贾宝玉专门做了解释，这得益于他天天跟女孩子打交道，所以很了解细节。

大场面，小细节，都照顾到了，接下来，也该回到正题了。贾宝玉来了一句"丁香结子芙蓉绦"，继续形容美女们的衣服装饰。

宋代王安石的《出定力院作》中写道："殷勤为解丁香结，放出枝间自在春。"丁香结也就是丁香的花蕾，用来比喻人那颗忧愁之心。丁香结同时又是一种绳结，以丁香花的形状命名。

芙蓉绦就是芙蓉色丝线编织的绳子，合起来就是芙蓉色绳子打的丁香绳结。

袭人曾求莺儿打络子，薛宝钗提醒可以用来络上通灵宝玉。络子和结子类似，都是绳编的饰品小配件，可以包裹住珠宝玉石，用来佩戴在身上。

原文采撷

第三十五回　　宝钗笑道："这有什么趣儿，倒不如打个络子把玉络上呢。"一句话提醒了宝玉，便拍手笑道："倒是姐姐说得是，我就忘了。只是配个什么颜色才好？"宝钗道："若用杂色断然使不得，大红又犯了色，黄的又不起眼，黑的又过暗。等我想个法儿：把那金线拿来，配着黑珠儿线，一根一根的拈上，打成络子，这才好看。"

贾宝玉玩的是一语双关，"丁香结子芙蓉绦"既是指的物品，又是在暗示美女们心情很忧愁烦闷。

贾政一针见血地指出，这是贾宝玉的才华力量不够，玩些套路来敷衍。贾政说的是大实话，幕客们此时此刻也不好插嘴帮腔了。

贾政这个时候也来了好奇心，想看看贾宝玉到底有多大本事，能够从铺陈渲染的废话转回正题。

不过贾宝玉的确有他的妙招，这个丁香结子，"不系明珠系宝刀"。

宝玉的这个回马枪，相当于电影剧情大反转，是个很棒的情节转折。然后就是顺理成章，开始收尾。

古代寻常女子，哪有愿意练武打仗的。平时用来系明珠的丁香结子，现在用来系了宝刀，女子又惊恐又忧愁。紧接着就是练兵战斗结束之后，夜阑人静，女子心力疲累又不敢表现出来，害怕被恒王处罚，只好偷偷哭，脂粉妆容都弄花了，擦眼泪的手帕子更是脏了。

整个故事背景，相当于全部介绍清楚了，而且画面感十足，细节抓得稳、准、狠，把女子习武的特点写得如在眼前。

突出主题，交代清楚事情，有感而发

原文采撷

第七十八回　　贾政道："又一段。底下怎样？"宝玉道：

明年流寇走山东，强吞虎豹势如蜂。

众人道："好个'走'字！便见得高低了。且通句转的也不板。"

宝玉又念道：

王率天兵思剿灭，一战再战不成功。

腥风吹折陇头麦，日照旌旗虎帐空。

青山寂寂水澌澌，正是恒王战死时。

雨淋白骨血染草，月冷黄沙鬼守尸。

众人都道："妙极，妙极！布置，叙事，词藻，无不尽美。且看如何至四娘，必另有妙转奇句。"

从这一刻开始，贾宝玉真正开始写林四娘的故事。林四娘的脱颖而出，源自流寇起兵造反，而恒王率领士兵们前往剿灭。这个好武的恒王，到了见真章的时刻，一战再战，都失败了。在贾政讲述的事迹里，恒王太轻敌，只带了轻骑，敌人也很狡猾，所以恒王两次都战败了。但是，恒王没有逃跑投降，而是战死沙场。

一个"走"字，突出了盗贼流寇猖狂的情形。走马观花、走马灯中的"走马"，都是骑马疾走的意思。

恒王作为败军之将战死了，专属于将领的虎帐自然空无一人了。牺牲的士兵就更多了，只剩烈日照着孤独的旌旗。青山死寂一片，只有流水依旧潺潺作响。雨中血漫荒草，所以连风都是血腥味的。夜里月光冷冷地照着，尸横遍野，白骨森森。贾宝玉把战争的残酷与惨状，写得很有力度。

旁边众人的评论，也指出了好在哪里，布局、叙事、辞藻都很不错。

写作跟打仗其实差不多，布局、遣词、造句就是调兵遣将，布阵列兵；叙事的主次顺序就是居中指挥，谁打头，谁殿后，谁掩护；辞藻描绘就是战鼓号角，渲染氛围、鼓舞斗志。

大家继续期待，贾宝玉的高手妙招，且看他写完了前情提要，如何叙述转折。

原文采撷

宝玉又念道：

> 纷纷将士只保身，青州眼见皆灰尘，
>
> 不期忠义明闺阁，愤起恒王得意人。

众人都道："铺叙得委婉。"贾政道："太多了，底下只怕累赘呢。"

宝玉乃又念道：

> 恒王得意数谁行，姽婳将军林四娘，

号令秦姬驱赵女，艳李秾桃临战场。

绣鞍有泪春愁重，铁甲无声夜气凉。

胜负自然难预定，誓盟生死报前王。

贼势猖獗不可敌，柳折花残实可伤，

魂依城郭家乡近，马践胭脂骨髓香。

星驰时报入京师，谁家儿女不伤悲！

天子惊慌恨失守，此时文武皆垂首。

何事文武立朝纲，不及闺中林四娘。

我为四娘长太息，歌成馀意尚傍徨！

念毕，众人都大赞不止，又都从头看了一遍。贾政笑道："虽然说了几句，到底不大恳切。"因说："去罢。"三人如得了赦的一般，一齐出来，各自回房。

贾宝玉笔下的这次转折，直截了当。贾政讲这个故事的时候，还很婉转，只说青州文武官员有献城之举。贾宝玉直接挑明，这帮酒囊饭袋就是明哲保身。

在战况惨烈无比，主将战死的情形之下，青州文武官员不敢再战，要找理由投降。而林四娘这个闺阁女子，选择了挺身而出。沧海横流方显英雄本色，巾帼英雄林四娘率军出战，带领的正是昔日一起习武的女子们。这一去，林四娘抱着不复返的决心出发，因为她要报答恒王的恩情。

213

贾宝玉逐渐长大，他写诗的水平也随之提高了。

因为他体会过了人生的种种生离死别，感受过无可奈何。他在生活中见到的都是庸碌的官员，与此同时对世道人心的看法也更加深刻。

林四娘的故事，其实是对朝廷无人可用的莫大讽刺。青州失守，连女将都上场了，那些贪生怕死的男人，却没有一个站出来为君王效力分忧的。文武百官皆是废物小人，不如一个闺阁女子忠肝义胆。

大力表彰林四娘，写诗歌颂林四娘，其实是在批评那群冠带须眉的碌碌无为、贪财好色。贾宝玉完全领会了这一写作主题。

事实上，这首诗代表的也是作者的态度。曹雪芹写《红楼梦》，正是在表达"金紫万千谁治国，裙钗一二可齐家"。

"将士保身""四娘出战""巾帼战死""天子惊慌""文武垂首""馀意彷徨"，交代清楚了故事，强烈表达了感情，极力渲染了氛围，笔法老辣自然流畅。贾政之前担心收尾累赘，实际上，就叙事来说，这首诗一气呵成；就抒情咏怀来说，这首诗沉痛愤慨，溢于言表。

这首诗出现的章节，已经是第七十八回了。抛开后四十回续书，等于作者的文稿已接近尾声。曹雪芹塑造的贾宝玉，成为他的发言人。

自己有感而发，才会打动人。

我们来总结一下这场文学创作研讨会：一首好的长诗，要审题准确，选好体裁，起头不妨稳健入手，平铺直叙，然后委婉铺垫，接着绝妙转折，然后半叙半咏，再次转折，最后干脆利落，收尾留白，余音绕梁。

真正有才华的人，不怕现场写作、现场评点。

妙笔话考点

　　贾宝玉写这首长诗的过程，相当于一堂文学公开课，呼应了他几年前拟匾额对联的场景。我们可以看得出贾宝玉进步很大。这个时候的贾宝玉，读书更多，写诗的经验也更加丰富。他跟才女姐妹们开诗社、相互评点，掌握了许多创作的技巧，再加上他自身天资聪颖，情感细腻，才写出了好作品。量体裁衣、半叙半咏、借鉴古人、布局巧妙、叙事铺垫、辞藻精当，这些都是创作的具体经验。

诗句芬芳 锦心绣口

　　偷来梨蕊三分白，借得梅花一缕魂。——林黛玉《咏白海棠》（《红楼梦》第三十七回）

向《红楼梦》学习"如何写信"

古时候不像现在有电子邮件，有微信、微博等社交平台。诸多事务，都需要使用书信交流。书信起初也叫尺牍。牍是木简，尺牍就是长一尺的木简，人们可在上面刻字交流。人们等有了纸张、绢布等，写信就更加方便了。

《红楼梦》第三十七回一共出现了两封信，分别来自探春和贾芸。

探春的信，充分示范了"如何写好一封典雅的信"。

原文采撷

第三十七回　　　只见翠墨进来，手里拿着一副花笺送与他。宝玉因道："可是我忘了，才说要瞧瞧三妹妹去的，可好些了，你偏走来。"翠墨道："姑娘好了，今儿也不吃药了，不过是凉着一点儿。"宝玉听说，便展开花笺看时，上面写道：

　　娣探谨奉

二兄文几：前夕新霁，月色如洗，因惜清景难逢，讵忍就卧，时漏已三转，犹徘徊于桐槛之下，未防风露所欺，致获采薪之患。昨蒙亲劳抚嘱，复又数遣侍儿问切，兼以鲜荔并真卿墨迹见赐，何病瘵惠爱之深哉！今因伏几凭床处默之时，因思及历来古人中处名攻利敌之场，犹置一些山滴水之区，远招近揖，投辖攀辕，务结二三同志盘桓于其中，或竖词坛，或开吟社，虽一时之偶兴，遂成千古之佳谈。娣虽不才，窃同叨栖处于泉石之间，而兼慕薛林之技。风庭月榭，惜未宴集诗人；帘杏溪桃，或可醉飞吟盏。孰谓莲社之雄才，独许须眉；直以东山之雅会，让余脂粉。若蒙棹雪而来，娣则扫花以待。此谨奉。

宝玉看了，不觉喜的拍手笑道："倒是三妹妹的高雅，我如今就去商议。"

我们来具体分析一下探春的这封信。古人的书信，上、下款的称呼，开头结尾的致敬、祝颂之辞，有许多习惯用法。

上款/称谓

"娣探谨奉二兄文几"，探春是贾宝玉的亲妹妹，同父异母。贾宝玉是探春的二哥，大哥贾珠早逝。对兄长，不能直呼其名。文几就是书桌。古人把小桌称为"几"，大桌称为"案"。这封信只是兄妹间的玩乐风雅，不是正经公务。探春开头就说将这封信恭敬地送到二哥的小书桌前，带点亲密调侃的意思。

正文

　　在讲正事之前，一般需要说点问候叙旧的话，有个过渡。

　　探春开头就交代了前因后果。前天晚上月亮太美丽、太皎洁动人，自己只顾在梧桐树下欣赏月色，没去睡觉，不知不觉到了三更时分，风寒露凉，在户外太久，导致伤风感冒。

　　"采薪之患"，就是病了不能打柴的意思。千金小姐当然不用砍柴，只是打个比方说自己患病了。哥哥"你"派丫鬟多次探问，还送上荔枝和颜真卿的墨宝，妹妹"我"特别感谢哥哥的关心厚爱。

　　像这样的内容，并不是废话。人是有感情的高级动物，日常的关怀、关心，都体现在这样的细节里。这也体现出写信人的修养、品位、情趣。一个忙于争名夺利的俗人，是很难有闲情雅致，于三更半夜，在梧桐树下悠然赏月的。正所谓物以类聚，人以群分，探春是看准了哥哥贾宝玉能懂自己的这份雅趣，才这么说的。

　　探春提到鲜荔枝和颜真卿的墨迹，也是特别重要的交代。主要是因为这两件探病的礼物，太贵重。新鲜荔枝在产地南方不算什么，但在京城可是珍稀之物。

　　据史料记载，清代福建岁贡荔枝。乾隆四十七年（1782年），一次运了荔枝树60桶，挂果473颗。七月初二荔枝成熟，采摘11颗，自落64颗，除裕皇贵妃得到两颗外，皇帝自食4颗，其余赏给皇妃、皇子、王公大臣，每人只得到1颗。

由此可见，贾宝玉家是真的大富大贵。曹雪芹为了避嫌，在《红楼梦》里降低了贾府的级别，但描写的具体生活待遇却媲美皇家。贾府明面上设定在金陵南京，但实际是在京城，宝玉挨打那一回，贾母就嚷嚷着要收拾行李回南京。小说幻笔，虚实交替。

皇帝都只吃得上4颗，可想而知，在京城，鲜荔枝有多么金贵。也只有这样的水果，才能跟颜真卿的墨迹相提并论。

颜真卿是唐朝著名大臣，气节凛然，名垂青史。他的书法自成一体，与柳公权的书法并称"颜筋柳骨"。在书法史上，颜真卿的名气仅次于王羲之，被称为"亚圣"。

探春收到了珍贵的礼物，自然格外感激，所以郑重其事地向哥哥致谢。

书信然后切入主题，谈到古人虽处名利场中，也有闲情雅趣，会找两三个知己，雅集聚会，吟诗作赋。一时的偶然雅兴，往往创造出千古佳作。

妹妹虽然没什么才华，但也倾慕薛宝钗、林黛玉的诗才。东晋慧远大师在庐山东林寺与僧俗十八贤人结社念佛，叫作"莲社"，名流云集。东晋高官谢安在东山结社，找来一堆文人名士，影响巨大。可谁说结社雅集的只能是须眉呢？

"若蒙棹雪而来，娣则扫花以待。"棹是划船工具。"棹雪而来"，探春在这里用了一个典故。《世说新语》中王子猷冒着大雪"夜乘小船"访戴安道，刚到朋友家门口却又回去了。乘兴而来，兴尽而归。哪怕没见到朋友，也很圆满了。

"扫花以待"，又是一个典故，表示殷切期待。杜甫的诗《客至》里写："花径不曾缘客扫，蓬门今始为君开。"

下款

末尾探春只写了"此谨奉"。探春与宝玉毕竟是平辈，是十分熟悉的兄妹，本不需要这样写书信发邀请函，若再署名落款恭敬客套下去，就有点矫揉造作了。所以探春没有重复提自己的名字，省略了。

按格式，花笺会写上收信人某某启。小说里略过了这个细节，探春可能写了，也可能没写。道理同上。

另外还要注意，探春是个贵族之家的千金小姐，读书识字能写诗，文化程度和审美水平都挺高，品位雅致，用的是花笺，不是普通的信笺。

书信应实用

还是在这一回里，还有一封信：

原文采撷

第三十七回　　刚到了沁芳亭，只见园中后门上值日的婆子手里拿着一个字帖走来，见了宝玉，便迎上去，口内说道："芸哥儿请安，在后门口等着，叫我送来的。"宝玉打开看时，写道是：

　　不肖男芸恭请

父亲大人万福金安。男思自蒙天恩，认于膝下，日夜思一孝顺，竟无可孝顺之处。前因买办花草，上托大人金福，竟认得许多花儿匠，并认得许多名园。因忽见有白海棠一种，不可多得。故变尽方法，只弄得两盆。大人若视男是亲男一般，便留下赏玩。因天气暑热，恐园中姑娘们不便，故不敢面见。奉书恭启，并叩台安。

　　　　　　　　　　　　男芸跪书

宝玉看了，笑道："独他来了，还有什么人？"婆子道："还有两盆花儿。"宝玉道："你出去说，我知道了，难为他想着。你便把花儿送到我屋里去就是了。"

贾宝玉认了贾芸当干儿子，贾芸送来了两盆稀有的白海棠孝敬干爹，也写了字帖儿。这封信就没探春写的那么文雅了，基本上是大白话。但比起探春来，态度颇为油滑。别看表面上"奉书恭启，并叩台安。男芸跪书"，其实，干儿子孝敬干爹，彼此心领神会，没那么正经。

在语气文风上，两封信一雅一俗，各有各的好。书信是实用文体，格式固定，内容因人而异，关键是要把话说清楚，让人看得懂，发挥沟通表达的功能。

这两封信，都把事情的来龙去脉交代得明明白白。探春是答谢兼邀请，贾芸是请安兼送礼，都达成了写信的目的。

探春想结诗社雅集，引经据典，拿文人雅士举例，烘托造势，鼓动贾宝玉，非常符合主题。

贾宝玉，一个富贵公子，无事忙，平时闲得发慌，想方设法找乐子。探春妹妹的来信，可谓精准提议，做足功夫，正搔到了贾宝玉的痒处。贾宝玉高兴得拍手叫好。如果没有贾宝玉的鼎力相助，经费、场地样样难，探春这诗社没戏。

虽说是兄妹，但探春是赵姨娘所生，为庶出女儿。大家族里利益界限分明，她只认王夫人，爱跟贾宝玉玩，其实也有拉近距离、巩固感情的意思。

而贾芸的目的更加赤裸裸，套近乎、拍马屁，也特别吻合情境身份。

他的信在旁观者看来很粗俗肉麻，却正对贾宝玉胃口。贾宝玉之所以认贾芸当干儿子，就是看贾芸长得帅，想找个吃喝玩乐、风花雪月的玩伴。

在第二十六回里，贾芸登门拜访干爹，宝玉便和他说些没要紧的散话——"谁家的戏子好，谁家的花园好，又告诉他谁家的丫头标致，谁家的酒席丰盛，又是谁家有奇货，又是谁家有异物"。

不久，知情识趣的贾芸就寻找到奇货异物白海棠，孝敬干爹贾宝玉，投其所好，讨得了贾宝玉欢心。

古人写信的繁文缛节，现代人一般用不上。像贾芸那样上下款、问候恭祝词语正确，中间大白话，就足够了。但若在关键时刻，有重要的事情，要给文化水平高、又很重要的人写信求助，称呼措辞还是得讲究一些。

妙笔话考点

我根据南开大学教授刘叶秋的《略谈古代书信的格式》提炼出关键的知识点，供大家参考。书信大致可以分为给长辈的（父母、师长等）、给平辈的（兄弟、朋友、同学、同事等）、给晚辈的（子侄、学生等）三种。

给长辈写信，上款不具名，如对父亲，一般上款写"父亲大人膝下，敬禀者"，末尾写"敬请福安"和"男某某叩禀"的下款。"膝下"之称，专用于父母；"禀"泛指下对上陈述事情，领起正文的"敬禀者"，亦可用于老师和其他尊长。

朋友之间通信，或称仁兄，或称先生，视关系亲疏而定。称呼下面的敬辞，一般用"阁下""执士""左右"等。

给晚辈写信，开头往往称呼其名，如"某某吾儿见字"，结尾常用"泐下"。

诗句芬芳 锦心绣口

花谢花飞花满天，红消香断有谁怜？——林黛玉《葬花吟》（《红楼梦》第二十七回）

原文采撷

第二十四回　　　只见李嬷嬷拄着拐棍，在当地骂袭人："忘了本的小娼妇！我抬举起你来，这会子我来了，你大模大样的躺在炕上，见我来也不理一理。一心只想妆狐媚子哄宝玉，哄的宝玉不理我，听你们的话。你不过是几两臭银子买来的毛丫头，这屋里你就作耗，如何使得！好不好拉出去配一个小子，看你还妖精似的哄宝玉不哄！"袭人先只道李嬷嬷不过为他躺着生气，少不得分辩说"病了，才出汗，蒙着头，原没看见你老人家"等语。后来只管听他说"哄宝玉""妆狐媚"，又说"配小子"等，由不得又愧又委屈，禁不住哭起来。

宝玉虽听了这些话，也不好怎样，少不得替袭人分辩病了吃药等话，又说："你不信，只问别的丫头们。"李嬷嬷听了这话，益发气起来了，说道："你只护着那起狐狸，那里认得我了，叫我问谁去？谁不帮着你呢，谁不是袭人拿下马来的！我都知道那些事。我只和你在老太太、太太跟前去讲了。把你奶了这么大，到如今吃不着奶了，把我丢在一旁，逞着丫头们要我的强。"一面说，一面也哭起来。彼时黛玉宝钗等也走过来劝说："妈妈，你老人家担待他们一点子就完了。"李嬷嬷见他二人来了，便拉住诉委屈，将当日吃茶，茜雪出去，与昨日酥酪等事，唠唠叨叨说个不清。

　　可巧凤姐正在上房算完输赢帐，听得后面高声嚷动，便知是李嬷嬷老病发了，排揎宝玉的人。——正值他今儿输了钱，迁怒于人。便连忙赶过来，拉了李嬷嬷，笑道："好妈妈，别生气。大节下，老太太才喜欢了一日，你是个老人家，别人高声，你还要管他们呢；难道你反不知道规矩，在这里嚷起来，叫老太太生气不成？你只说谁不好，我替你打他。我家里烧的滚热的野鸡，快来跟我吃酒去。"一面说，一面拉着走，又叫："丰儿，替你李奶奶拿着拐棍子，擦眼泪的手帕子。"

　　那李嬷嬷脚不沾地跟了凤姐走了，一面还说："我也不要这老命了，越性今儿没了规矩，闹一场子，讨个没脸，强如受那娼妇蹄子的气！"后面宝钗黛玉随着，见凤姐儿这般，都拍手笑道："亏这一阵风来，把个老婆子撮了去了。"

写小说
讲究情节合理过渡

写小说是一门讲故事的艺术，特别讲究矛盾冲突，要靠编织情节来推动故事发展。

譬如写到两个人打斗、吵架，精彩纷呈，特别吸引人。那么打完了、吵完了呢？接下来情节就要转换，写新的事情、新的矛盾冲突。这个中间转换的间隙，总要有个过渡，不然就太仓促突兀了，令读者觉得不自然，莫名其妙；或者转换得很尴尬，不合逻辑，令读者难以接受，怀疑情节的合理性。

《红楼梦》的情节转换术特别高明，四两拨千斤，切换流畅。

这一回写贾宝玉的奶妈李嬷嬷，赌牌输钱了，心里不爽，就找茬儿，拿贾宝玉的丫头出气，而且是拿贾宝玉的首席丫鬟袭人出气。又骂又打，又哭又闹，情节特别紧张，冲突特别激烈。先是贾宝玉出面劝架，李嬷嬷不给面子，连贾宝玉也一起教训起来。接着薛宝钗和林黛玉也听到了，走过来劝告，李嬷嬷继续唠叨，跟她们倾诉起来。

写到这份上，事情闹大了，没完没了，怎么收场呢？

俗话说，无巧不成书。写小说编故事，就得用上"巧合"二字。

作者就写：可巧，凤姐听到了。

王熙凤是当家人，有权有势还管钱，马上跑过来，直接把李嬷嬷拉走，一边拉一边劝告，先是拿老太太知道了要生气来压制李嬷嬷，又用热乎乎的烧野鸡还有喝酒来安抚李嬷嬷，于是李嬷嬷脚不沾地地被拉走了。

问题解决了，皆大欢喜。这一段还写出了王熙凤的风风火火，处理事情的能力强。语言幽默生动，绵里藏针。

如果说一回两回这么写，还只是临时救场的写法。我翻阅《红楼梦》数百遍，发现曹雪芹特别喜欢这么写，王熙凤像个救火队长，哪里失火，哪里就靠她救火，而且每次都是运用诙谐有趣的对话来救火。

抖包袱
活跃气氛的法宝

原文采撷

第三十回　　林黛玉听见宝玉奚落宝钗，心中着实得意，才要搭言也趁势儿取个笑，不想靛儿因找扇子，宝钗又发了两句话，他便改口笑道："宝姐姐，你听了两出什么戏？"宝钗因见林黛玉面上有得意之态，一定是听了宝玉方才奚落之言，遂了他的心愿，忽又见问他这话，便笑道："我看的是李逵骂了宋江，后来又赔不是。"宝玉便笑道："姐姐通今博古，色色都知道，怎么连这一出戏的名字也不知道，就说了这么一串子。这叫《负荆请罪》。"宝钗笑道："原来这叫作《负荆请罪》！你们通今博古，才知道'负荆请罪'，我不知道什么是'负荆请罪'！"

一句话还未说完，宝玉林黛玉二人心里有病，听了这话早把脸羞红了。

凤姐于这些上虽不通达，但只见他三人形景，便知其意，便也笑着问人道："你们大暑天，谁还吃生姜呢？"众人不解其意，便说道："没有吃生姜。"凤姐故意用手摸着腮，诧异道："既没人吃姜，怎么这么辣辣的？"宝玉黛玉二人听见这话，越发不好过了。宝钗再要说话，见宝玉十分讨愧，形景改变，也就不好再说，只得一笑收住。

这一回也是精彩的吵架情节。薛宝钗和林黛玉两个人斗法。两个美若天仙的女孩子，都是饱读诗书的人，有文化的人吵架都引经据典，彼此冷嘲热讽，拿成语典故来挤对对方。

林黛玉和贾宝玉闹别扭，吵架后，贾宝玉道歉求饶，两个人和好，一起看戏。贾宝玉知道林黛玉不喜欢薛宝钗，他为了讨好林黛玉，就奚落了薛宝钗几句，说薛宝钗体丰怯热，跟杨妃一样。这是嘲讽薛宝钗比较胖。

薛宝钗特别生气，看到林黛玉很得意，就开始反击，拿《负荆请罪》的戏讽刺贾宝玉和林黛玉。

这个时候情节到了高潮。薛宝钗一贯大方得体，此时却被气到了，尖酸刻薄了一回。林黛玉和贾宝玉顿时面子上挂不住了，现场气氛尴尬极了，再斗嘴下去，就得翻脸了，场面会十分难看，而且都下不来台。此时还有长辈在场，要是三个人都赌气离场，也很不得体，又要惹来麻烦——长辈肯定是要过问的。

局面僵住了，又轮到王熙凤出场，她三下五除二，干脆利落地解决了问题。她故意问大热天怎么有人吃姜。

王熙凤特别擅长卖关子、抖包袱，这个古里古怪的问题一抛出来，大家的注意力就被转移了。众人都好奇困惑了，纷纷否认吃了姜。

王熙凤成功转移话题后，揭开谜底——没人吃姜，怎么这么辣辣的？于是一向毒舌的林黛玉也不好继续斗嘴，贾宝玉也哑巴了，薛宝钗也不好意思逼人太甚，就笑一笑，停战了。

情节转换非常成功，就是王熙凤的功劳。王熙凤简直是曹雪芹编故事的法宝。

小说从一开始，就通过贾母之口，介绍了凤姐是个有名的泼辣货。

如果把写小说比喻成做菜，那便可以说这些重要的情节转换场合，都不能没有王熙凤这个辣椒。

好"巧合"，安排一个转移话题的角色

原文采撷

第五十四回　　贾母又命宝玉道："连你姐姐妹妹一齐斟上，不许乱斟，都要叫他干了。"宝玉听说，答应着，一一按次斟了。

至黛玉前，偏他不饮，拿起杯来，放在宝玉唇上边，宝玉一气饮干。黛玉笑说："多谢。"宝玉替他斟上一杯。凤姐儿便笑道："宝玉，别喝冷酒，仔细手颤，明儿写不得字，拉不得弓。"宝玉忙道："没有吃冷酒。"凤姐儿笑道："我知道没有，不过白嘱咐你。"

……

一时歇了戏，便有婆子带了两个门下常走的女先生儿进来，放两张杌子在那一边命他坐了，将弦子琵琶递过去。贾母便问李薛听何书，他二人都回说："不拘什么都好。"贾母便问："近来可有添些什么新书？"那两个女先儿回说道："倒有一段新书，是残唐五代的故事。"贾母问是何名，女先儿道:"叫做《凤求鸾》。"

……

贾母笑道："这些书都是一个套子，左不过是些佳人才子，最没趣儿。把人家女儿说的那样坏，还说是佳人，编的连影儿也没有了。开口都是书香门第，父亲不是尚书就是宰相，生一个小姐必是爱如珍宝。这小姐必是通文知礼，无所不晓，竟是个绝代佳人。只一见了一个清俊的男人，不管是亲是友，便想起终身大事来，父母也忘了，书礼也忘了，鬼不成鬼，贼不成贼，那一点儿是佳人？便是满腹文章，做出这些事来，也算不得是佳人了。比如男人满腹文章去作贼，难道那王法就说他是才子就不入贼情一案不成？可知那编书的是自己塞了自己的嘴。……"

......

凤姐儿走上来斟酒，笑道："罢，罢，酒冷了，老祖宗喝一口润润嗓子再掰谎。这一回就叫作《掰谎记》，就出在本朝本地本年本月本日本时，老祖宗一张口难说两家话，花开两朵，各表一枝，是真是谎且不表，再整那观灯看戏的人。老祖宗且让这二位亲戚吃一杯酒看两出戏之后，再从昨朝话言掰起如何？"他一面斟酒，一面笑说，未曾说完，众人俱已笑倒。两个女先生也笑个不住，都说："奶奶好刚口。奶奶要一说书，真连我们吃饭的地方也没了。"

这一回写贾府元宵节开夜宴，冒出的问题格外严重——林黛玉和贾宝玉谈恋爱。他俩经过许多矛盾纠葛，彼此误会，又解释分辩各自的心意，进入了柔情蜜意的阶段，以至于贾母让宝玉给现场的姐姐妹妹斟酒的时候，林黛玉做了一件特别出格的事情。她公然跟贾宝玉撒娇不喝酒，贾宝玉也顺从了，把酒喝了。其实林黛玉若真不想喝酒，很简单，直接把酒倒在旁边就行了。

林黛玉玩这一手很熟练，她曾在跟别人聊天的时候，故意把酒倒进漱口盆里。

闺阁小姐，是不能公然跟男人打情骂俏的。小时候两小无猜，同卧同居也就算了，如今贾宝玉大了，林黛玉也大了，按古人的习俗，到了适婚年龄，男女授受不亲，该分明界限了。

这一幕，在场的人都看在眼里，不好说什么，但绝对都在心里犯嘀咕：这成何体统？贾府乃"诗礼簪缨之族"，养大的女孩子怎能这么不顾羞耻？林黛玉是孤儿投奔外祖母家，连带王夫人和贾母都丢脸了。

王熙凤赶紧出面救场，故意扭曲事实，劝贾宝玉别喝冷酒。言外之意是，林黛玉身体弱自然不能喝，贾宝玉爱惜照顾表妹，代喝就有理由了。虽然还是比较生硬，但也算是尽力打圆场了。因为林黛玉的动作太过头了，她是举着酒杯放到贾宝玉嘴边的，相当于喂贾宝玉喝酒，这样的举动实在太亲密、太暧昧了。

大家都装糊涂，当没看见，贾母却忍不住了。

但林黛玉毕竟是她平时最疼爱的外孙女，她不能当面教训，否则林黛玉受不了。

曹雪芹这个聪明的作者，早就安排好了，给贾母一个借题发挥的机会。两个女先儿，也就是说评书的女表演者，要讲一个《凤求鸾》的故事。

贾母立刻抓住机会，大骂一通这些民间故事瞎编排千金小姐。知书达礼的官宦家小姐，怎么会见了个长得帅的男人，就忘乎所以，跟人家谈情说爱起来，甚至偷情私奔？

贾母当然不是心血来潮，突然批判起才子佳人的故事来。她平时常看这些戏，就连他们家的戏班子，平时也在排练《西厢记》《牡丹亭》之类的戏剧。这都是典型的才子佳人戏码。

毫无疑问，贾母是在针对林黛玉，用婉转的方式在批评林黛玉。

贾母努力想说得和风细雨一点，即便如此，话还是特别重、特别严厉。对林黛玉来说，简直是晴天霹雳、狂风骤雨。

贾母一边批评一边往回找补，说："如今眼下真的，拿我们这中等人家说起，也没有这样的事，别说是那些大家子。可知是诌掉了下巴的话。所以我们从不许说这些书，丫头们也不懂这些话。这几年我老了，他们姊妹们住的远，我偶然闷了，说几句听听，他们一来，就忙歇了。"

但明眼人早已发现，场面已经难堪到极点，林黛玉即将崩溃，贾母越是往回找补，反而越是此地无银三百两，欲盖弥彰。

曹雪芹再次施展情节转换术，派王熙凤出场。

王熙凤还是老招数，先把话题扯开，暗示亲戚们都看着，再开贾母玩笑，劝贾母喝酒润喉，把大家逗笑了。剧情切换完毕。

这场元宵夜宴，接下来无论多么热闹有趣，林黛玉也没有再说一句话。只在放鞭炮的时候，贾母把外孙女搂在怀里。

我们在写文章需要转换情节时，不妨学学曹雪芹，用好"巧合"，安排一个插科打诨的人，一个救场救火的人，一个擅长转移话题炒热氛围的人。

妙笔话考点

作家写作都有一个经验：一个精彩的配角，能够起到很好的调节作用。他/她可以当中间人、当和事佬，调节主角之间的矛盾，在氛围紧张的时候开玩笑破冰，在冷场尴尬的时候活跃气氛，在情节转换的时候跳出来转移话题。可以说，重要的配角写好了，故事也就活色生香。王熙凤不仅起到活跃氛围的作用，更是核心情节的当事人。她的弄权、管账、持家，都是描写大家族和社会关系的关键。曹雪芹写好了王熙凤，《红楼梦》就成功了一半。如果只是贾宝玉、林黛玉、薛宝钗的三角恋爱，小说就失去了很多趣味，也损伤了一半的深度。

塑造出一个有趣的厉害狠角色，作品会更加精彩。

诗句芬芳 锦心绣口

桃花帘外开仍旧，帘中人比桃花瘦。——林黛玉《桃花行》（《红楼梦》第七十回）

全世界最会玩谐音梗的小说

谐音用得好，作品便韵味悠长

全世界最会玩谐音梗的小说，非《红楼梦》莫属。

没有哪个作家比曹雪芹更会利用谐音写小说。从人物的名字，到关键线索、地名物品，再到故事的情节走向、家族命运的暗示，处处谐音。曹雪芹把谐音运用得可谓炉火纯青，挥洒自如。

谐音用得好，可以令作品寓意丰富，韵味悠长，文采璀璨，趣味无穷。

其一，人名。

甄士隐谐音"真事隐"，贾雨村谐音"假语村言"，寓意小说里把真事隐藏了，用假语村言来表达。香菱原名甄英莲，谐音"真应怜"，说明她一生坎坷悲惨，令人同情可怜。薛蟠为了抢夺香菱打死的冯公子叫冯渊，谐音"逢冤"，寓意遭受冤屈，无辜遇上不幸。

偶然回头看了一眼贾雨村的丫鬟娇杏，谐音"侥幸"。贾雨村误会她对自己有意，后来娶了这个丫鬟当妾室，正室去世后，又把她扶正。这么走运的女孩，在这部大部分女孩下场悲惨的小说里，实在是侥幸。

贾府四位小姐元春、迎春、探春、惜春，谐音"原应叹息"。年轻病死的元春，远嫁异乡的探春，被家暴的迎春，出家当尼姑的惜春，四个侯门千金个个以悲剧收场。在这部小说中，她们的命运诠释了什么是人生无常。

詹光谐音"沾光"，单聘仁谐音"善骗人"，这两个幕宾清客，本来就是帮闲的角色，的确是在沾光骗人。卜世仁谐音"不是人"，贾芸的这个舅舅，无情无义，不配为人。

其二，物名。

绛珠仙子以"蜜青果"为膳，这里的"蜜青"谐音"觅情"，是寻觅爱情的意思。"千红一窟"谐音"千红一哭"，"万艳同杯"谐音"万艳同悲"，"群芳髓"谐音"群芳碎"，这些都暗示了金陵十二钗和副十二钗里那些女孩子的悲哀命运。

"玉带林中挂，金簪雪里埋"，"玉带林"反过来就是"林黛玉"，金簪就是宝钗，"雪"谐音"薛"。

其三，地名。

大荒山、无稽崖，谐音出自"荒唐无稽"，是作者自嘲编了一篇荒诞的悲情故事。青梗峰谐音"情根"，是情根深种的意思，比喻贾宝玉、林黛玉等人都是痴情种。

姑苏城的十里街，有个仁清巷，谐音"人情巷"。小说里满是贪财忘义的势利眼，处处体现了人情冷暖，世态炎凉。

其四，情节。

葫芦僧乱判葫芦案，葫芦谐音"糊涂"。大贪官贾雨村装糊涂，为了讨好权贵，胡乱判案。

四大家族的护官符，"贾不假，白玉为堂金作马"，"阿房宫，三百里，住不下金陵一个史"，"东海缺少白玉床，龙王来请金陵王"，"丰年好大雪，珍珠如土金如铁"。"假"字谐音"贾"，"雪"字谐音"薛"。金陵王是双关语，既是金陵王氏，又暗指称王称霸的王爷，形容有权有势。"史"既是姓氏，又是一种官职名词。

《红楼梦》第二十二回，贾母有个灯谜"猴子身轻站树梢——打一果名"。"猴子身轻站树梢"，也就是站立在树枝上，"站树梢"义同"立枝"，"立枝"谐音"荔枝"，"荔枝"又与"离枝"谐音。这个谜语又是一语双关：贾府宛如一棵大树，靠山在，大树不倒，猴子们纷纷立在枝头，搔首弄姿，享受荣华富贵，一旦没了靠山，大树倒了呢？那就是"树倒猢狲散"。这里暗示贾府大厦将会倾倒，被抄家，子孙后代沦为草芥。

原文采撷

第三十三回　那宝玉听见贾政吩咐他"不许动"，早知多

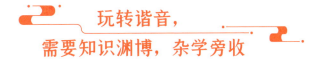

凶少吉，那里承望贾环又添了许多的话。正在厅上干转，怎得个人来往里头去捎信，偏生没个人，连焙茗也不知在那里。正盼望时，只见一个老姆姆出来。宝玉如得了珍宝，便赶上来拉他，说道："快进去告诉：老爷要打我呢！快去，快去！要紧，要紧！"宝玉一则急了，说话不明白；二则老婆子偏生又聋，竟不曾听见是什么话，把"要紧"二字只听作"跳井"二字，便笑道："跳井让他跳去，二爷怕什么？"

贾宝玉被打的原因之一，就是调戏母亲的婢女金钏儿。王夫人当场发现，打了金钏儿一耳光，骂过之后要将其赶走，以致金钏儿含羞赌气自尽。贾宝玉见父亲要打自己，便想找人通风报信，偏偏遇到一个耳聋老婆子，把"要紧"听成了"跳井"。这个谐音，格外残酷。因为可怜的金钏儿，正是在羞愧之下，跳井自尽的。

玩转谐音，需要知识渊博，杂学旁收

原文采撷

第六十一回　　五儿急的便说："那原是宝二爷屋里的芳官给我的。"林之孝家的便说："不管你方官圆官，现有了赃证，我只呈报了，凭你主子前辩去。"

芳官谐音"方管"，寓意没有规矩，不成方圆。故事情节正是打盗窃的官司，五儿被怀疑偷东西，不守规矩。

还有的谐音，藏得很深，需要懂点典故，才能意会。第六十五回，贾赦这个糟老头子想讨鸳鸯当小妾。鸳鸯的嫂子就屁颠屁颠找鸳鸯报喜，说有好话对她说。鸳鸯就骂她嫂子："宋徽宗的鹰，赵子昂的马，都是好画儿。"

"好话"谐音"好画"。宋徽宗和赵子昂都是名留青史的书画家，他们画的鹰和马，都是名画，就有了这么一句谐音歇后语。

又如第三十七回，探春来了雅兴，邀请贾宝玉一起开诗社。一群姐妹给自己取雅号，探春喜欢芭蕉，就取了"蕉下客"，谐音"娇客"。

民间俗话，女婿是娇客，未出阁的千金小姐在娘家娇生惯养，也被称为娇客。

到了第五十五回探春理家，办事的管家媳妇们看探春是个未出阁的小姐，脸皮薄，以为好欺负，没想到探春是个狠角色，不好惹。仆人们就说探春："如今小姐是娇客，若认真惹恼了，死无葬身之地！"

在第六十三回，探春抽花签，是一枝杏花，诗云：日边红杏倚云栽。注云："得此签者，必得贵婿，大家恭贺一杯，再同饮一杯。"这个细节，就是寓意探春即使远嫁，也会嫁给王侯贵族。得贵婿，就是得娇客，又对应了"蕉下客"。

曹雪芹的谐音梗，真是到了出神入化的地步，信手拈来，精彩纷呈。他是当之无愧的文字大师。

要玩转谐音，需要知识渊博、杂学旁收，掌握各种文化典故、民间传说、歇后语、神话故事等，展开联想，多多练习。领略了大师玩谐音的技巧，我们也可以试着将谐音运用到自己的写作中。

妙笔话考点

作为一名小说作家，我最常被读者和学生问到的问题是，怎么给笔下的人物取名字。我曾专门写过一篇《如何取名字才风雅》的文章。答案很简单，去古诗词、古文里找灵感，选择具有美好寓意的字词，重新排列组合。写起来顺手，且念起来朗朗上口，那就是好名字。

除了这个招数，还有一种常用的取名法：谐音。比如我的笔名沈嘉柯，就是我在族谱上的名字"家科"的谐音。《红楼梦》是玩转谐音的典范，取谐音名字的技巧是，往人物特点上靠拢，服务于小说情节。日常生活中取名时，一定要念出来试试，避免产生负面的谐音联想。

诗句芬芳 锦心绣口

枕上轻寒窗外雨，眼前春色梦中人。——贾宝玉《春夜即事》（《红楼梦》第二十三回）

素材不够，找古人借

小说情节
可以化用诗句

原文采撷

第二十五回　　一时下了窗子，隔着纱屉子，向外看的真切，只见好几个丫头在那里扫地，都擦胭抹粉，簪花插柳的，独不见昨儿那一个。宝玉便趿了鞋晃出了房门，只装着看花儿，这里瞧瞧，那里望望，一抬头，只见西南角上游廊底下栏杆上似有一个人倚在那里，却恨面前有一株海棠花遮着，看不真切。只得又转了一步，仔细一看，可不是昨儿那个丫头在那里出神。待要迎上去，又不好去的。正想着，忽见碧痕来催他洗脸，只得进去了。

在脂砚斋评点的版本里，这段描写有个夹批批语：余所谓此书之妙皆从诗词句中翻出者，皆系此等笔墨也。试问观者，此非"隔花人远天涯近"乎？

这几句话，为我们揭示了《红楼梦》的写作"内幕"。

曹雪芹固然是旷古绝今的天才，也不可能凭空变出厉害的小说。他的写作，是站在巨人的肩膀上的。《红楼梦》是中国传统文化的集大成者，处处都有古人作品的痕迹，有的时候是直接引用名篇佳作，有的时候是用"暗典"。

把典故融入小说里，就像将盐溶化在肉汤里，滋味更加鲜美。

脂砚斋又是个大嘴巴，看见写得好，写得妙，写得呱呱叫的地方，就直接把作者的功夫来源给曝出来。

贾宝玉隔着海棠花看不真切的女孩子，其实就是丫鬟小红，本名林红玉。而这一幕美丽的场景，化用的是戏曲唱词。即王实甫《西厢记》第二本第一折：系春心情短柳丝长，隔花阴人远天涯近。

那个女孩倚靠在栏杆外，海棠树开满了花，遮住了女孩。依稀看到了人，却看不清楚容貌，分辨不出是谁。明明很近，又不好意思找上前去，心理上觉得遥不可及。近在咫尺，又仿佛远在天涯。

原文采撷

第三十回 且说那宝玉见王夫人醒来，自己没趣，忙进大观园来。只见赤日当空，树阴合地，满耳蝉声，静无人语。刚到了蔷薇花架，只听有人哽噎之声。宝玉心中疑惑，便站住细听，果然架下那边有人。如今五月之际，那蔷薇正是花叶茂盛之时，宝玉便悄悄的隔着篱笆洞儿一看，只见一个女孩子蹲在花下，手里拿着根绾头的簪子在地下抠土，一面悄悄的流泪。

……

宝玉用眼随着簪子的起落，一直一画一点一勾的看了去，数一数，十八笔。自己又在手心里用指头按着他方才下笔的规矩写了，猜是个什么字。写成一想，原来就是个蔷薇花的"蔷"字。

……

伏中阴晴不定，片云可以致雨，忽一阵凉风过了，唰唰的落下一阵雨来。宝玉看着那女子头上滴下水来，纱衣裳登时湿了。宝玉想道："这时下雨。他这个身子，如何禁得骤雨一激！"因此禁不住便说道："不用写了。你看下大雨，身上都湿了。"那女孩子听说倒唬了一跳，抬头一看，只见花外一个人叫他不要写了，下大雨了。一则宝玉脸面俊秀；二则花叶繁茂，上下俱被枝叶隐住，刚露着半边脸，那女孩子只当是个丫头，再不想是宝玉，因笑道："多谢姐姐提醒了我。难道姐姐在外头有什么遮雨的？"一句提醒了宝玉，"嗳哟"了一声，才觉得浑身冰凉。低头一看，自己身上也都湿了。说声"不好"，只得一气跑回怡红院去了，心里却还记挂着那女孩子没处避雨。

这一回，写得清新自然，格外美好。温柔的公子哥贾宝玉，看着一个漂亮女孩子在地上拿簪子写字，写的是个"蔷"字。读了后面的章节，大家都知道，那是贾蔷的名字。写"蔷"字的女孩是唱戏的龄官。一个女孩，心心念念着恋人的名字，多么痴情动人。当贾宝玉劝她避雨时，龄官回头，因繁花枝叶遮住说话的人，看不真切，就误以为宝玉也是个女孩。

这是把唱词的情景，又化用了一遍。只不过，这一次颠倒过来，是女孩看不清男孩。

那些细致动人的诗句唱词，从哪里来呢？当然是从作者经历过、看到过的场景来的。

王实甫和他之前的诗人们，目睹过"隔花阴"这样的美丽画面，浓缩为诗句唱词。写小说的曹雪芹，又把这结晶加到故事的汤里，使之变成好汤。

故事可以浓缩写成诗

其实，曹雪芹的这个招数，并不是他独创的，而是中国古代创作者皆知的秘密。许许多多名家高手都使用过。

在《世说新语·容止》中有一则逸闻："裴令公有俊容仪，脱冠冕，粗服乱头皆好，时人以为玉人，见者曰：'见裴叔则，如玉山上行，光映照人。'"

　　裴叔则也就是裴楷，是三国曹魏及西晋时期的大臣、名士。裴楷长得特别俊美，即使穿着粗糙的衣服，头发不梳理，也好看。天生丽质的人，怎么都好看。当时的人，觉得他是当之无愧的"玉人"，这是顶级帅哥美女才配得上的称呼。看到这样的人，就像在熠熠生辉的玉山上行走，光彩照人。

　　这个故事，到了李白的手里，就变成了诗句。李白写诗的对象恰好也姓裴，他就联想起这个典故。历史故事浓缩成了李白笔下《赠裴十四》中的诗句。他写道："朝见裴叔则，朗如行玉山。"

　　如果我们把流程反向操作一下，李白的诗句也可以再还原为鲜美汤，讲一个有趣的故事，用来形容我们想描写的俊朗玉人们。

　　这个招数啊，李白是乐此不疲，一用再用。

　　李白的七言绝句《山中与幽人对酌》，我特别喜欢。那叫一个谪仙下界，气度非凡。

> 两人对酌山花开，
> 一杯一杯复一杯。
> 我醉欲眠卿且去，
> 明朝有意抱琴来。

　　想象一下那幅画面，醉醺醺的李太白，站立不稳，摇摇晃晃，就大袖一挥："卿且去吧，明天还想喝，我再抱着琴来，咱们继续喝酒，不醉不归。"

这与君醉笑三千场的气概，太潇洒了。后来我读到诗句的来源，才知道，原来李白写的是陶渊明的故事。

《宋书·隐逸传》中记载："（陶）潜不解音声，而畜素琴一张，无弦，每有酒适，辄抚弄以寄其意。贵贱造之者，有酒辄设。潜若先醉，便语客：'我醉欲眠，卿可去。'"

这段史书讲的是，陶渊明不会弹琴，但他存有一张没弦的素琴。每次喝酒的时候，他就摆出弹琴的样子，来寄托他的情怀。

有人来拜访他，不论贫富贵贱，只要有酒，他就把琴拿出来。如果陶渊明先喝醉了，就对客人说："我醉了，要睡觉了，您可以回去了。"

陶渊明是真正的名士，性情中人。

李白把陶渊明连带他的故事，一起写成了诗。李白还润色修改了一下，将"可去"改成了"且去"，语气更加豪爽，更加符合李白痛饮狂歌的性格，可谓百尺竿头更进一步。

如果我们想写小说，写一个洒脱不羁的人物，完全可以化用"我醉欲眠卿且去，明朝有意抱琴来"。

唐诗佳句
变成了清代小说中的经典情节

李白化用别人的故事写诗，别人同样可以化用李白的诗写故事。

📖 原文采撷

第六十二回　　正说着，只见一个小丫头笑嘻嘻的走来："姑娘们快瞧云姑娘去，吃醉了图凉快，在山子后头一块青板石凳上睡着了。"众人听说，都笑道："快别吵嚷。"说着，都走来看时，果见湘云卧于山石僻处一个石凳子上，业经香梦沉酣，四面芍药花飞了一身，满头脸衣襟上皆是红香散乱，手中的扇子在地下，也半被落花埋了，一群蜂蝶闹穰穰的围着他，又用鲛帕包了一包芍药花瓣枕着。众人看了，又是爱，又是笑，忙上来推唤挽扶。湘云口内犹作睡语说酒令，唧唧嘟嘟说：

泉香而酒冽，玉碗盛来琥珀光，直饮到梅梢月上，醉扶归，却为宜会亲友。

大观园的姐妹们聚会喝酒，史湘云喝醉了，不知去向。找到的时候，才发现她在山后的石头凳子上睡着了。然后，我们就看到了一幅天真烂漫的睡美人画面。这一段，曹雪芹写得绝美无比。美丽的女孩子，在芍药花中娇憨而眠，可爱至极。

这样的小说情节是怎么想出来的？

曹雪芹化用了两位唐朝诗人的句子，李白的《自遣》和卢纶的《春词》。

自　遣

李　白

对酒不觉暝，落花盈我衣。

醉起步溪月，鸟还人亦稀。

春　词

卢　纶

北苑罗裙带，尘衢锦绣鞋。

醉眠芳树下，半被落花埋。

　　卢纶的诗里，穿着罗裙锦绣鞋的美人，喝醉了睡在花树下，半边身子被落花埋了。再加点细节，扇子掉落在地，蝴蝶闹哄哄地围绕着她蹁跹。一千年前的唐诗佳句，变成了清代小说中的经典情节。

　　那李白的诗，好像跟这个化用的场景没什么联系呀？答案是有的。

　　李白的《自遣》里描写了一幅画面，吟诗的人喝醉酒了，模模糊糊犯困打盹，落花堆满在衣服上。恰好对应了史湘云喝醉酒，醉倒打盹，被落花堆满。史湘云醉酒说梦话，还在嚷嚷着酒令呢。那句"玉碗盛来琥珀光"正是源自李白的《客中作》。在史湘云的梦中，她还端着玉碗，跟诸位姐妹快乐地喝着酒呢！那碗中的琥珀美酒，色泽迷人。这充分说明曹雪芹塑造史湘云醉酒这个情节，联想起了李白的诗，两次化用了李白的诗意。

从历史故事到诗歌，从诗歌到小说故事，这种双向流通，构成了中国古代文人的创作特色，给我们现代人写作以参考。

人生阅历不够怎么办？写起东西来，缺乏灵感素材怎么办？向曹雪芹学习，去向古人借。

泱泱中华，历史悠久，三国两晋南北朝，汉唐宋元明清，群星璀璨，人文荟萃，给了我们取之不尽、用之不竭的好素材。

在第四十八回里，林黛玉教香菱学诗，还直接指出过，王维的"渡头馀落日，墟里上孤烟"，就是套用的陶渊明的"暧暧远人村，依依墟里烟"。高手都在向高手借用，我们当然也可以。

借来的好东西，不要直接照抄照搬，要化为己有，要更加生动地再创造，写出属于自己的好东西。

妙笔话考点

杜甫赞美李白"笔落惊风雨，诗成泣鬼神"，世人都说李白是诗仙，但在我看来，哪有什么天生的写得好的人。想要写得好、境界高，无非是把历朝历代的文化精华，都吸收到自己的肚子里，化为自己的东西。向顶级高手去学习，去借鉴，去化用，去创新。大家平时不妨多做这样的练习：把你欣赏喜爱的古诗词、古文里的金句，改写成一段故事情节。比如你想写一个人历尽沧桑，回到故园满心唏嘘的情节，你就可以借用唐代诗人贾岛的"蔷薇花落秋风起，荆棘满庭君始知"。

诗句芬芳 锦心绣口

青灯照壁人初睡，冷雨敲窗被未温。——林黛玉《葬花吟》（《红楼梦》第二十七回）